Primavera
de
Espíritus

Libro dos de la serie *"Estaciones de crecimiento"*.

Kerry E.B. Black

Traducido por Debra R. Sanchez

Impreso en los Estados Unidos de América
Primera impresión 2023

ISBN: 978-1-948894-38-8

Para obtener permiso de reproducción,

póngase en contacto con:

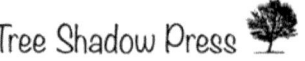

www.treeshadowpress.com

o con:
Kerry E.B. Black

https://kerrylizblack.wordpress.com

DEDICACIÓN

Dedicado a todos aquellos que luchan contra sus demonios personales.

AGRADECIMIENTOS

Escribir comienza como una búsqueda solitaria, pero la esperanza es que no termine así. Por ello, quiero dar las gracias a mi querida y talentosa amiga Deb, sin la cual este libro no se publicaría tal cual, y a Kyle Terry, que prácticamente exigió una segunda entrega de las temporadas que viven Casey y sus amigos. Y, por supuesto, a mi querida madre, que, como se ha afirmado antes, no se parece en nada a la madre de Casey.

CAPÍTULO UNO:
UN SORPRENDENTE REGRESO A CASA

Desde que participaba en la ceremonia del equinoccio de otoño, Casey Adams podía saber si alguien estaba a punto de morir, y lo lloraba. De alguna manera, sus lágrimas facilitaban su paso a la siguiente existencia.

Los sueños de la bruja eran menos frecuentes, pero Casey seguía lidiando con las visiones. La vida y la muerte persistían sin su permiso, y ella desempeñaba su parte no esperada, pero esta mañana, su papel de hermana y ayudante de la familia tenía prioridad.

Cuando salió el sol, se despojó de las garras de la noche y se preparó para el día. Llamó a sus hermanos: "Levántense y brillan, amorcitos".

"Ya estoy levantada, dormilona". Su hermano Malcolm atravesó el pasillo vestido con una capa y una máscara de superhéroe.

"Eh, más despacio, Loco". Casey lo abrazó cuando pasó corriendo. "No puedes ir al colegio con una capa y una máscara. Tu maestra no lo aprobaría".

Se soltó y puso las manos en sus caderas cuadradas. "Sí, pero ¿qué pasa si aparece un tipo malo en la escuela? Se alegrarán de que haya un superhéroe si aparece un tipo malo. Puedo detenerlo si tengo mi capa y mi máscara, pero si no las tengo, ¿qué pasará?".

Casey se revolvió el pelo. "Tendrán que arriesgarse, supongo. Además, eres bastante duro con tu ropa de civil, ya sabes".

Hinchó su delgado pecho. "Vaya que sí".

Casey se limpió el labio superior para disimular una sonrisa. "Desayuno en cinco minutos. ¿Vale?".

"¿Qué vamos a comer hoy? ¿Cereales?". Rachel bostezó en su puerta.

"Sólo los mejores cereales para ti". Casey besó la mejilla de su hermana. "Y leche. No hay que olvidar la leche".

Se rieron y se pusieron a preparar la mañana. Los cepillos del pelo y el brillo de labios ensuciaban el fregadero. La pasta de dientes goteaba de su tubo sin tapa. Casey suspiró y ordenó mientras seguía la rutina diaria. Recoger y volver a colgar una toalla. Enderezar la alfombrilla de la bañera. Cerrar la cortina de la ducha.

Pero al menos podía hacer ruido, ya que Mamá no estaba.

Cuando Mamá estaba en casa, la familia Adams correteaba como ratones durante todo el día, temiendo despertar la ira del dragón.

Mientras llevaba su ropa de dormir al cesto de la ropa sucia, Casey se quedó helada. Se oyeron voces en el piso de abajo. *Papá y una mujer.* Casey se esforzó. *No era Mamá. Gracias a Dios. La tía Hettie. ¿Pero por qué parecía molesta?*

Con un peso de plomo en el estómago, Casey descendió para asomarse a la cocina. Papá estaba sentado en su asiento, con la cabeza abatida entre sus envejecidas manos.

La tía Hettie se paseaba. "¿Adónde habrá ido?".

Papá sacudió la cabeza. El gris opacó sus mechones. "No lo sé. Déjame pensar. ¿De acuerdo? Apuesto a que estará en casa en un par".

¿En casa? ¿Mamá dejó el centro de tratamiento?

La tía Hettie lanzó las manos al aire. "¿De qué sirve una terapia intensa si se va de ella? ¿Cómo ha salido?".

"No lo sé, Hettie. No es que estuviera prisionera. Probablemente se puso el abrigo y salió por la puerta. ¿Cómo van a saber si es una paciente o una visitante?".

Seguro que no quiero estar aquí para la vuelta a casa de Mamá.

Con el corazón palpitante, Casey se apresuró a subir las escaleras para apurar a sus hermanos. "Desayunaremos por el camino. Hoy los llevaré al colegio".

Rachel dejó caer un paño facial sobre un cepillo de colorete en la encimera del fregadero, y una sonrisa tímida le marcó las mejillas. Su voz burbujeó, alta y culpable. "¿No te hará llegar tarde a la escuela? ¿Qué pasa?".

Malcolm puso la barbilla en una pose heroica. "Sí, ¿hay problemas?".

Casey cogió sus mochilas y abrigos. "Sólo quiero pasar tiempo contigo. Ahora date prisa". Les tiró los zapatos.

Malcolm luchó con los cordones. Casey se agachó y se los ató.

Malcolm hizo un mohín. "Oye, yo puedo hacerlo".

La puerta mosquitera se cerró de golpe en la planta baja.

Si tenemos suerte, se trata de la tía Hettie de camino a su turno en la cafetería y no de Mamá llegando aquí.

Casey trató de ignorar sus estruendosas preocupaciones. Sonrió a su hermano. "Sé que puedes, pero ahora está hecho. Dos arcos perfectos, con doble nudo. ¿Lo ves? Ahora pongámonos en marcha". Se metió los brazos por las mangas del abrigo, con cuidado del forro rasgado, cogió el bolso y bajó corriendo las escaleras. "¡Les ganaré a los dos hasta el carro!"

Malcolm se apresuró a alcanzarla. Rachel se quedó atrás, desinteresada por el resultado de la carrera.

Sólo Papá estaba sentado en la mesa de la cocina. "¡Adiós, Papá!" Casey le besó las mejillas al pasar. "Hoy voy a llevar a los niños.

Malcolm imitó la salida de Casey mientras Rachel pasaba de forma más majestuosa.

Casey abrió la puerta de golpe para salir. Ella y sus hermanos jadearon. El bulto de su madre les bloqueaba la salida. Un viento invernal le arremolinó el pelo alrededor de la cara como las serpientes de Medusa. El viento y el mito los congelaron en su sitio hasta que Mamá entrecerró los ojos y se formó una peligrosa línea entre sus cejas.

"¿Y a dónde creen que van?".

CAPÍTULO DOS:
A LA ESCUELA

Malcolm se arrastró detrás de las piernas de Casey. Casey se apartó, utilizando su cuerpo para proteger a Malcolm y a Rachel.

"¡Mamá!" Se aclaró la garganta. "Qué sorpresa". Su mirada se dirigió a la búsqueda frenética de una salida. "Nos dirigimos a la escuela, por supuesto. Nos veremos pronto". Hizo un gesto con la mano para que su madre entrara en la cocina.

Mamá no hizo ningún movimiento.

"¡Mira quién está aquí!" Casey lanzó una mirada de pánico a su padre. Su voz se agudizó, demasiado brillante, al borde de la histeria. "¡Es Mamá! Seguro que tienen mucho de qué hablar".

Mamá apretó los puños sobre sus amplias caderas.

Casey tanteó con sus llaves. "Lo siento, tenemos que apresurarnos. Tenemos que irnos o llegaremos súper tarde".

Los labios apretados de Mamá temblaron. "No vas a ninguna parte". Señaló la mesa de la cocina. "Ve a sentarte".

"Pero Mamá..." Casey odiaba el temblor de su voz.

"¡No me digas 'pero Mamá'! Siéntanse". Los condujo a la mesa de la cocina con su formidable presencia. La puerta de la cocina se cerró de golpe cuando escaparon.

Casey se deslizó en su asiento. Mamá asumió su posición de jefa de mesa. Papá y Casey intercambiaron miradas con los ojos muy abiertos. Rachel se cruzó de brazos, con una mueca de desagrado que contorneaba sus rasgos élficos. Malcolm se retorcía las manos y se balanceaba de un pie a otro hasta que Casey le tendió una mano reconfortante. Se aferró a ella como si hubiera sobrevivido a un naufragio y se hubiera agarrado a un salvavidas. Casey le apretó los deditos. Él apretó en respuesta.

"Tú". Mamá señaló a Casey. "Tú eres la razón por la que estaba en terapia". Su respiración se producía en forma de jadeos.

Casey se estremeció. *No quiero que los niños se vean envueltos en este lío.* "Malcolm, Rachel, quizá deberíais coger unos guantes y bufandas y correr a la parada del autobús".

Mamá golpeó con las manos la mesa. Sus soportes metálicos gimieron. Su silla cayó hacia atrás con un estruendo mientras se ponía en pie y gritaba: "¡No estás a cargo!" Las fosas nasales de Mamá se encendieron.

Casey se encogió.

Papá utilizó una voz suave y tranquilizadora cuando se puso de pie, con las palmas de las manos extendidas en señal de súplica. "Cariño, nos alegramos de verte, pero, por favor, no le grites a

Casey. Es una gran ayuda por aquí".

La cara de Mamá se ensombreció. "Una gran ayuda, ¿eh? Por su culpa, me han echado de mi propia casa mientras ella se enseñorea como si fuera la reina del castillo". Se inclinó sobre la mesa y señaló a Casey. "¿Sabes lo que aprendí en la terapia? Que hay gente tóxica. ¿Y sabes qué? Las personas tóxicas intentan presionar a otras personas. Hacerles hacer cosas que no quieren ni necesitan hacer. Cosas como ir a terapia mientras ellos se encargan de la vida familiar". La saliva salpicaba con cada frase enfurecida. "¿Te suena a alguien que puedas conocer, Casey?".

Sí. A ti.

En lugar de empeorar la situación, Casey se miró las uñas rasgadas y no dijo nada. Compuso su rostro en la máscara anodina que reservaba para tales ocasiones.

La intención de Mamá de hacerse daño persistía en su psique como un sudario espectral. Casey la examinó más de cerca con el uso furtivo de lo que denominaba su "sentido de banshee". Algunos fragmentos se desprendían a medida que Mamá se fortalecía mentalmente. Quizá nunca desapareciera del todo, pero su disminución daba esperanzas a Casey.

"Mamá", Casey estudió las motas metálicas de la mesa blanca. "Estamos orgullosos de ti". Las lágrimas empañaron la escena. "Estás haciendo la terapia para hacerte más fuerte, y creo que está funcionando". Tragó alrededor del creciente nudo en la garganta. "Sé que es difícil". Su voz se redujo a poco más de un susurro. "Por favor, no te rindas".

Mamá se inclinó sobre la mesa hasta que su pecho amenazó con salirse de la parte superior de la blusa. "No sabes nada. Sé lo que eres. Eres una niña rota que cree que, si empuja la atención hacia otras personas, nadie reconocerá sus defectos". El aliento de Mamá cubrió a Casey como una nube nociva. "Pues yo los veo". Se enderezó y la fulminó con la mirada. "Mírate en un espejo y arréglate antes de dirigir tus acusaciones hacia mí".

Papá se acercó a Mamá y la envolvió en un apretón. "Cariño, nadie pretende sustituirte, y menos Casey". Hizo un gesto hacia la puerta. Casey, Rachel y Malcolm se escabulleron mientras él decía: "¿No oíste lo que ha dicho? Te queremos".

La voz de Mamá cortó el aire. "¿No lo entienden? Casey es una bicha rara. Siempre lo ha sido".

El aire frío de marzo abofeteó su rostro ardiente mientras Casey introducía a su hermano pequeño en el carro. Rachel ocupó el asiento del copiloto y todos cerraron las puertas con cuidado. Casey se mordió el labio al poner en marcha el motor, lanzando miradas temerosas a la puerta. Puso el carro en marcha y dejó su casa en el espejo retrovisor.

Condujeron en silencio hasta que Rachel se aclaró la garganta. "¿Cuánto tiempo crees que se quedará?".

Casey apretó el volante, incapaz de responder. En su lugar, encendió la radio. Una cantante de pop cantó sobre una mala ruptura y, al poco tiempo, los niños más pequeños cantaron con ella. Visitaron un autoservicio para comprar sándwiches de huevo y, cuando llegaron a la escuela primaria, el color había vuelto a sus rostros. Casey les deseó un buen día y les saludó con la mano mientras se cruzaban con la corriente de niños de primaria que entraban.

Casey apagó la radio y golpeó la cabeza contra el volante. *Sé que no debería, pero ahora mismo la odio. Pero espera. ¿Por qué no debería? Mi propia madre me odia. Me culpa de su enfermedad. Quizá debería odiarla.*

El estómago de Casey dio un doloroso bandazo. *Eso es, ¿no? No puedo odiarla porque esté enferma. Nada de eso es culpa suya. Hay algún desequilibrio y se supone que debo perdonar todas sus maldades.*

Las lágrimas calientes se enfriaron antes de llegar a su barbilla. La alarma de su teléfono le avisó de que tenía que ir a clase, así que las apartó.

Cuando cogió el mando de la radio, el corazón de Casey dio un vuelco.

Ahora no. Por favor.

La guardia de cruce de las puertas de entrada saludó a Casey de camino a su carro. De su boca sonriente brotaba sangre en oscuros coágulos. Su mano se desprendió de la muñeca para desaparecer en un reguero de nieve. La sangre salpicó un acompañamiento, manchando la nieve como un hielo italiano retorcido. Una máscara de color púrpura intenso decoloró los ojos que se cerraban en el rostro amable y desfigurado de la guardia de cruce.

¿Un accidente de carro?

Un sollozo desgarró a Casey. Forzó una sonrisa, pero sospechó que parecía una mueca de dolor, porque le dolía. Un gemido se unió a sus sollozos.

"Por favor, acompaña a esa querida alma", rezó a no saber quién. "Guíala en su paso". Casey se acurrucó en un ovillo de miseria, con las rodillas pegadas al pecho y el pelo ocultando las agónicas contorsiones de su dolor. "Deja que mis lágrimas la alivien mientras viaja a su próxima vida".

Casey se abrazó a las rodillas y se meció. Sus oraciones ahogadas y sus gritos lastimeros amortiguaron el chirrido de los frenos inutilizados en un terreno helado. Se estremeció ante el crujido metálico del impacto.

Mientras sentía pasar el alma del sonriente guardia de cruce, Casey marcó el 911.

"Hay un accidente de carro". Se esforzó por mantener la voz firme mientras daba la dirección y se unía a la multitud de posibles ayudantes en su inútil intento de proporcionar consuelo hasta que llegaran los paramédicos.

Algo se agitó a lo largo de su columna vertebral, una premonición no de muerte sino de peligro. Un hombre de entre la multitud la miraba con un interés furioso y una extraña intensidad.

Algo en sus movimientos le hizo recordar a Rom, su antiguo compañero de clase, el lunático descarriado que interpretó su vocación con un desenfreno asesino. Rom, cuyas manos podía sentir alrededor de su cuello cada vez que descansaba sobre su almohada.

CAPÍTULO TRES:
REUNIÓN DE AMIGOS

Cuando Casey abandonó el lugar del accidente y llegó al campus de la Universidad Ol' Nor'Eastern, se había perdido su primera clase. Utilizó el espejo del visor para volver a aplicar una capa de camuflaje. Podía ver la muerte y aliviar a los que estaban a punto de recorrer su frío camino, pero no necesitaba parecer la encarnación de la muerte. Al menos no cuando estaba a punto de reunirse con su novio, Tim, y su mejor amiga, Jaimie.

Tras un último trazo de delineador de ojos, cogió su bolsa de libros y se dirigió a la cafetería del campus, The Brew Two, y a sus amigos que la esperaban.

El abrazo de Tim se sintió como debe ser el hogar, seguro y acogedor, y Casey encajó su nariz fría para captar mejor su aroma.

"Estás helada, preciosa. Deja que te traiga el café". Tim se apresuró a dirigirse al camarero y pidió un moca de caramelo de triple dosis con extra de espuma, la forma en que Casey tomaba su café aquí.

El abrazo de Jaimie se sentía como un sillón de

masaje en un centro comercial. Jaimie se movía perpetuamente, desde que ella, Casey y cinco de sus amigos, Tim incluido, habían participado en una ceremonia de despertar el pasado otoño. Jaimie había explicado su agitación como una necesidad. "Me siento fuera de mi elemento, como un pez en tierra", explicaba. Pero cuando se movía, recogía suficiente aire.

"Es difícil creer que la primavera está llegando, ¿verdad?". Jaimie miró una borrasca de nieve fuera del escaparate de la tienda. "Estúpido norte congelado".

Tim volvió con una fragante y humeante taza de café que Casey envolvió con sus fríos dedos, agradecida.

"Gracias, Tim". Apoyó la cabeza en su sólido pecho y suspiró. Se sentaron cerca de Jaimie, sorbieron sus bebidas y se cogieron de la mano.

"¿Qué te pasa, chica?". El pie de Jaimie se agitó.

Casey se bajó la cremallera del abrigo. "No mucho. ¿Por qué?".

Tim le pasó un dedo por el dorso de la mano. "No te preocupa," bajó la voz a un rumoroso susurro, "el equinoccio de primavera, ¿verdad?".

Supongo que eso se acerca, ¿no? "La verdad es que no. ¿Y tú?".

Tim y Jaimie se encogieron de hombros. "No", dijo Tim. "En realidad no. Quiero decir que no vamos a ninguna ceremonia olvidada por Dios ni nada por el estilo, así que creo que estamos bien".

Nada de viajes a las colinas que dominan el campus para celebrar una ceremonia. Nada de hogueras que envíen secretos a las estrellas. Nada de nuevos aspectos perturbadores de sí mismos despertados por

una sabiduría antigua, ya sea una bruja o una diosa.
Casey se estremeció.

"¿Seguro que estás bien, Case? Parece que hayas visto un fantasma". Jaimie apoyó los codos en la mesa. "Mierda, no lo has hecho, ¿verdad? Quiero decir, ¿has visto otra visión?".

Casey enterró la cara en el hombro de Tim.

"Oh, cariño". Tim la abrazó.

Jaimie le acarició el pelo. "Me di cuenta de que pasaba algo. Hacía tiempo que no te veía tan agitada". Dio una palmada en la mesa y llamó la atención de Casey. "Pero no puedes hacerte eso".

Casey arrugó la frente, pero evitó el contacto visual. "No es que tenga ningún control sobre ello".

Jaimie tocó la mano de Casey y susurró: "La visión no. Sé que no puedes evitarlo. Pero Casey, no deberías hacerte daño".

"¿Dañarme a mí misma?". *¿De qué está hablando?*

Jaimie le apretó la mano. " Te ha ido tan bien. Odio volver a ver los arañazos".

¿Rasguños? Había estado pasándose las uñas por los brazos y el pecho sin darse cuenta. *Maldición.* Se levantó la manga. Sus uñas habían dejado huellas rojas desde el codo hasta la muñeca. *Jaimie tiene razón. Hacía mucho tiempo que no hacía esto. No desde que...* Su corazón se hizo fuerte al darse cuenta de que... *desde Mamá se fue.*

Tim la abrazó con más fuerza. "¿Qué está pasando?".

Casey estudió el grano serpenteante del tablero de la mesa en lugar de mirarlos a los ojos. Se lamió los labios y quiso decir las palabras. Salieron como un susurro ronco. "Mi madre llegó a casa esta mañana.

Supongo que salió sin ser dada de alta".

Jaimie se tapó la boca abierta, con los ojos muy abiertos.

Tim levantó la barbilla de Casey con un suave dedo. "Y supongo que eso no es nada bueno".

Jaimie resopló y apartó la mirada.

Tim se mordió el labio. Parecía dolido. "No hablas mucho de ella, así que no lo sé".

Las lágrimas nublaron la vista de Casey. "Me odia".

El rostro de Tim se contorsionó con alarma. "No. Nadie podría odiarte, Casey".

Se lo cree. En su opinión, nadie humillaría a una chica con problemas. Nadie, especialmente su propia madre, le desearía el mal. El mundo lleno de amor de Tim no podía admitir ese odio. No podía estar más equivocado.

Casey se entretuvo con su café, inhalando su calor picante. "Jaimie, ¿volvió tu compañera de cuarto?".

Jaimie tamborileó los dedos sobre su taza de café. "No. Dejó de estudiar después del semestre de otoño. ¿Por qué?".

Las palabras se atascaron en la garganta de Casey. *¿Y si odia la idea?* "¿Quieres una compañera de cuarto?".

Jaimie se encogió de hombros. "Supongo que sí. Quiero decir que me van a asignar una muy pronto". Suspiró y dejó caer la cabeza sobre el respaldo de la silla, la imagen del sufrimiento. "Sólo espero que no sea rara".

Casey se aclaró la garganta. "¿Qué buscarías en una compañera de cuarto?".

"Ya sabes, que no fume, que respete el espacio personal y la propiedad, que sea amable, que sea genial. ¿Por qué?".

El calor subió a la cara de Casey. *No te detengas ahora.* "No lo sé. Quiero decir, ¿es muy caro alojarse aquí?". Trazó la veta de la madera de la mesa con el dedo. "¿Lo incluyen en tus préstamos de estudiante?".

"Es una parte". Jaimie detuvo su golpeteo y se quedó boquiabierta. "Espera, ¿estás pensando en alojarte?".

Casey se encogió de hombros. "Si me lo pudiera permitir, y si estuviera bien en casa". *Si los niños estuvieran bien. Mamá podría mejorar si no estuviera siempre enfadada conmigo.*

"¡Dios mío, Case!", Jaimie volvió a agarrarle la mano, "¡sería lo mejor! Me encantaría tenerte como compañera de cuarto".

Casey parpadeó para no llorar.

Jaimie sonrió, rebotando de entusiasmo. "Tendrías que hablar con la ayuda financiera y con el alojamiento para estudiantes. Están en el mismo edificio. Si quieres, te acompañaré hasta allí".

Casey se rió y se quitó una lágrima que se le escapó. "Ahora tienes que ir a clase. Puedo ir yo mismo al edificio de admisiones".

Tim abrió la boca para protestar.

Casey le puso un dedo en los labios. "Tú también. Tienes tu clase de 'Introducción a la Justicia Penal', y no puedes perdértela". Flexionó sus músculos intrascendentes, se sonrojó y soltó una risita. "Puede que sea pequeña, pero soy poderosa. Al fin y al cabo, puedo derribar a un asesino en serie con una rodilla bien colocada".

Los ojos de Tim brillaron y una sonrisa se dibujó en sus labios. "Sí que eres fuerte, y los asesinos en serie deberían mantenerse alejados".

Jaimie miró la hora en su móvil. "Bueno, supongo que será mejor que nos pongamos en marcha o llegaremos tarde a clase. El Dr. Petrine está hablando del impacto de las investigaciones de Rachel Carson en nuestra agricultura, y no quiero perdérmelo. Carson es una de mis heroínas". Abrazó a Casey. "Avísame cuando te mudes, ¿vale?".

"Lo estoy estudiando, Jaimie. Todavía no lo sé con seguridad".

Jaimie cogió su mochila y saludó. "Lo sé. Sólo espero que te mudes pronto". Su pelo se agitó detrás de ella mientras salía y se apresuraba por el camino empedrado.

Tim se quitó y ató su bufanda en un nudo suelto alrededor del cuello de Casey. Su colonia la envolvió. "Mantente a salvo, mi chica hermosa".

Casey se puso de puntillas para besarle. El contacto le produjo una descarga eléctrica y suspiró.

Él le pasó un mechón de pelo por detrás de la oreja. "Te quiero. Avísame si necesitas hablar".

Casey asintió. "Lo haré. Lo prometo". Cogió su mochila. "Ahora ponte en marcha. La educación te espera".

La mirada de él se detuvo, pero ella le espantó. "Te veré en el almuerzo".

Tomaron caminos separados hacia sus destinos.

CAPÍTULO CUARTO:
LA COMPAÑERA DE CUARTO

La recepcionista, que mascaba chicle, miró a Casey, revolviendo su pelo de punta azul. "¿Tienes una cita?".

Casey negó con la cabeza y se sacudió la aguanieve de la bota. "No. Lo siento". Se armó de valor para entablar más conversación cuando lo único que prefería era hacerse un ovillo en algún lugar seguro y no ver a nadie. "Pero tengo una amiga que busca una compañera de cuarto. Se llama Jaimie y nos gustaría compartir un dormitorio".

La de puntas azules hizo una burbuja con su chicle y la reventó. "No importa. Ya hay alguien ahí detrás". Echó un vistazo para ver si estaban solos. Susurró: "Problemas de alojamiento". Sacudió la cabeza, con la barbilla por delante, como si Casey debiera entender su significado.

No lo hizo.

Una ráfaga de aire frío acompañó la entrada de una joven.

El aliento de Casey se congeló en su interior.

La mujer podría tener veinte años, bonita a pesar de las prematuras arrugas de preocupación y unos cuantos mechones de plata en su pelo oscuro. Las bolsas colgaban pesadamente bajo sus ojos, y ella frunció el ceño. "Estoy aquí para la reunión".

"¿Deirdre Lowry?". La de puntas azules señaló con la uña del pulgar pintada de negro hacia la puerta. "Sí, te están esperando".

Casey se frotó los ojos con la esperanza de aclarar su visión. *Por favor, no.* La escena permanecía inalterada. La joven, una compañera de estudios, llevaba el velo de las intenciones suicidas. Casey permitió que sus sentidos se expandieran. La chica había pensado en cortarse las muñecas y los tobillos, pero había hecho acopio de pastillas. Las guardaba en una bolsa debajo de su cama del desván.

Las lágrimas se agitaron dentro de Casey, una tempestad a punto de estallar. Casey reprimió las emociones y se recompuso, aunque el corazón le latía con fuerza y las rodillas le temblaban.

No vomites. Cada vez que te alteras, vomitas.

El miedo por la joven anuló la torpeza social. Señaló la puerta y preguntó a la de puntas azules: "¿Para qué se reúnen?".

La de puntas azules apoyó su barbilla masticadora en los brazos cruzados. "No debo decirlo, así que no repitas nada. Verás, la chica que ya estaba allí, Amber, presentó un montón de quejas, dijo que no puede soportar ni un minuto más como compañera de cuarto de la nueva chica. Los padres de Amber también están ahí, y parecían enfadados. Dijeron que demandarían a la escuela porque su querida estaba teniendo mucha angustia y sus notas se están resintiendo. Sin embargo, el asunto es el siguiente. Estoy en las clases de esa chica Amber. Es bastante simpática, pero no es la mejor estudiante, ya sabes lo que quiero decir. Así que creo que esta nueva chica es una especie de chivo expiatorio". Volvió a asentir lentamente: "Me siento un poco mal por la chica nueva. Me refiero a Deirdre. Mira, ¿dónde se supone que va a ir? Los dormitorios están llenos".

Esta decepción y el rechazo podrían hacerla tomar esas pastillas.

Unos gritos apagados procedentes del despacho indicaron que las cosas se calentaban dentro. Una voz masculina y grave gritó: "Mi abogado". La puerta se abrió de golpe. Un hombre y una mujer entraron atronando en el despacho, perseguidos por una chica de la edad de Casey. "Espérense. Por favor". Se volvió hacia la habitación y gritó: "¿Por qué no cooperas? Quédate con una amiga o algo así, Deirdre Lowry. Está claro que no te gusto más de lo que me gustas tú".

Un hombre que parecía cansado salió y bloqueó la entrada con su cuerpo. "Ya está bien, Amber".

Las lágrimas brotaron de Amber y corrió tras sus padres.

El hombre se frotó los ojos antes de mirar a la recepcionista de puntas azules con un suspiro. "¿Ha aparecido alguna habitación vacía? Por favor, dime que hemos pasado algo por alto".

La recepcionista de puntas azules hizo estallar otra burbuja. "Huh-uh, Sr. Kean. Sólo esa habitación en el sur de las mujeres donde el estudiante de primer año se ausentó".

Casey se armó de valor. *Mi señal.* Se aclaró la

garganta. "Disculpe, en realidad he venido por eso. Creo que te refieres a la habitación de mi amiga Jaimie. A ella y a mí nos gustaría alojarnos juntas, pero tengo que averiguar..."

"Lo siento". El hombre, el señor Kean, se enderezó y miró a Casey desde su mayor altura. "Esa habitación ya está asignada". Señaló con la cabeza hacia la salida y dio un golpecito en el escritorio de la recepcionista. "Ocúpate inmediatamente del papeleo de la señorita Amber Jacobson, por favor".

La de las puntas azules resopló, pero asintió. "Sí, señor".

Dio un paso hacia la puerta de su despacho, pero se detuvo antes de tocar el pomo. Dio un golpecito con el pie. "Creo que me voy a tomar un café". Señaló hacia el despacho con la cabeza y bajó la voz. "Dale la noticia a la señorita Lowry, ¿quieres, Constance?".

Constance de las puntas azules se quedó con la boca abierta. Su chicle cayó al escritorio. "¿En serio?".

Se fue sin mirar atrás.

Constance tiró el chicle a la papelera. Hizo un pequeño ruido y murmuró: "Cobarde".

Casey se dirigió hacia la salida. *Supongo que ya no hay razón para estar aquí.*

"Oye". Constance se apartó del escritorio y se acercó a Casey. Tocó el brazo de Casey, ignorando el pequeño salto que ésta dio al contacto. Con una mirada conspiradora hacia la puerta del despacho, susurró: "Querías una habitación en el campus, ¿verdad? Creo que tengo una idea".

Casey se zafó del agarre de Constance. Se frotó la mancha como si quisiera borrar el toque de Constance. "¿Oh?".

"Sí. Verás, a Deirdre Lowry no le pasa nada. Sólo es un poco... rara. Diferente. ¿Sabes?". La mirada de Constance se clavó en Casey hasta que ésta agachó la barbilla, incapaz de mantener el contacto visual. Constance cruzó los brazos sobre el pecho. "Sí, creo que entiendes lo que digo". Chasqueó la lengua. "Tal y como yo lo veo, la pequeña señorita Amber se siente con derecho sobre los demás y está completamente mimada por su mamá y su papá. En lugar de resolver sus diferencias, insistió en un cambio de habitación. Pues bien, ella ganará. Se alojará con tu amiga. Mientras tanto," Constance señaló con el pulgar por encima del hombro hacia el despacho, "la pobre Lowry se queda pensando que le pasa algo. Que ella es el problema", resopló Constance. "No lo es. Al menos yo no lo creo".

Casey echó un vistazo al despacho. Dentro, una chica con intenciones suicidas esperaba descubrir su destino. A Casey se le hizo un nudo en la garganta.

"Entonces, ¿qué dices?". Constance se acercó a Casey, pero se detuvo antes de tocarla cuando ésta retrocedió. "Creo que sería bueno para todos ustedes. Además, la habitación de Lowry está en el vestíbulo actualizado, mientras que la de tu amiga está en el ala antigua". Levantó las cejas y sonrió.

Casey estudió los pies de Constance. Los calcetines desiguales apenas asomaban por encima de la parte superior de sus desgastados tenis. *No es un buen calzado para este tiempo. Me pregunto si se cambiará a las botas.*

"¿Hola?". Constance se dio un golpecito en el pie.

Casey intentó levantar la mirada y llegó hasta el cuello de Constance. "No sé si puedo". El calor subió a sus mejillas. "Vine a preguntar si puedo permitírmelo".

Constance acercó una silla. "Siéntate, por favor. Vamos a rellenar unos papeles. Resulta que sé de una beca realmente estupenda sin reclamar que pudiera ser exactamente lo que necesitamos para que esto ocurra".

La cabeza de Casey dio vueltas. *Esto está sucediendo muy rápido.* "¿Qué quieres decir?".

"Digamos que soy una buena samaritana, ¿vale?". Dio un golpecito a los papeles. "Ahora rellena esto mientras hablo con nuestra amiga en la otra habitación".

Entró en el despacho. "Eso ha sido un poco más de emoción de lo necesario a estas horas de la mañana, ¿no crees?". Su tono impetuoso adquirió suavidad. "No, por favor, no llores. Escucha, no merece la pena. De verdad. Si es tan imbécil, estás mejor sin ella como compañera de cuarto". Constance se sentó junto a Deirdre Lowry y le pasó un brazo por los hombros temblorosos. "Por favor, no llores". Le entregó una caja de pañuelos. "Estamos trabajando en una nueva compañera de cuarto para ti, y apuesto a que ésta te gustará".

Deirdre frunció el ceño por encima de su nariz enrojecida. "¿Es esa chica de ahí?". Señaló a Casey.

Constance palmeó el hombro de Deirdre. "Sí. Es muy simpática. Te gustará. Te lo prometo. Mira, está rellenando el papeleo mientras hablamos".

Casey cogió un bolígrafo de una taza de "Buffy la cazavampiros" y leyó la página. Las palabras del papel se desdibujaron mientras procesaba todo lo ocurrido aquel día.

¿En qué me he metido?

CAPÍTULO CINCO:
ROLES EXTRAÑOS

"¿Qué quieres decir?". El rostro de Jaimie palideció y se sonrojó por momentos.

Casey tragó saliva. "Sucedió muy rápido. Dijeron que te habían asignado a alguien".

"Pensé que íbamos a ser compañeras de piso. No quería a una extraña. Te quería a ti. Ese era el plan".

Casey se estremeció. "Por favor, no te enfades conmigo. No podía hacer otra cosa".

"Maldita sea, Casey, ¿quién va a ser? ¿Esa nueva compañera de cuarto? ¿Será una aspirante a la hermandad? ¿Una personalidad de tipo A que va a enloquecer si dejo un sostén fuera de su sitio? ¿Quizá una vaga que me hará parecer una maniática del orden? En serio, ¡estoy flipando!"

"Amber alguien-o-otro. Jacobson, creo".

Jaimie se echó hacia atrás en su silla. "¿Amber Jacobson?". Arrugó la frente. "Estuvo en mi clase de antropología durante el semestre de verano". Golpeó el tablero de la mesa con las uñas.

El ritmo familiar reconfortó a Casey. Los golpecitos y rebotes de Jaimie eran su firma.

Jaimie puntuó su cancioncilla con una palmada de sus palmas. "Estaba bien".

Casey soltó un suspiro, aliviada. "Me alegro mucho".

Jaimie agarró la mano de Casey. "¿Pero eso significa que no te vas a quedar aquí? Oh, Casey, esperaba que pudieras alejarte un poco de tu casa".

Los ojos de Casey se movieron más rápido que sus sentimientos de culpa. Susurró: "Puede que me mude este fin de semana, si la beca sale adelante".

Jaimie se quedó boquiabierta. "¿Qué? ¡Eso es genial! ¿Dónde te vas a alojar? En la sala de mujeres, por supuesto, pero ¿dónde?".

"En el oeste. La habitación que deja Amber".

Antes de que pudieran decir nada más, Tim se quitó la nieve de las botas, besó la parte superior de la cabeza de Casey y se unió a ellos. "Algunos dicen que la primavera está en el aire. Yo digo que esa gente está tristemente equivocada".

"Tim, Casey se va a mudar, pero no como mi compañera de cuarto. Me ha dejado por alguien nueva".

Casey se mordió el labio. *¿Está bromeando o está enfadada? Está sonriendo, pero sus palabras suenan dolidas.*

Tim levantó las cejas. "Ah, ¿sí?".

Jaimie agarró la mano de Casey. "No pasa nada, Casey estará en el campus, así que podremos verla más".

Una oleada de alivio recorrió a Casey. *No está enfadada. Gracias al cielo.* "No sabré hasta dentro de un tiempo si han aceptado mi solicitud de beca. Sin ella, no puedo quedarme aquí".

Jaimie agitó las manos con desprecio. "Sí, bueno, tengo el presentimiento de que estarás aquí este semestre". Su sonrisa se amplió. "Y podremos hacer todo tipo de cosas juntos. Será muy divertido".

Casey se miró las manos y resopló. "Tenía muchas ganas de ser tu compañera de cuarto, Jaimie".

Jaimie palmeó la mano de Casey. "Sé que lo

querías. Te quiero, Case". Apretó la mano de Casey antes de soltarla y volver a sentarse. "Aunque me hayas abandonado por alguien nueva".

Casey abrió la boca para protestar.

Tim la abrazó. "¡Jaimie te está tomando el pelo!"

Sus amigos se rieron. Casey se rió para formar parte de su alegría, pero no lo entendió. No del todo.

Las amistades tienen reglas muy extrañas, y no siempre las conozco.

Tras despedirse apresuradamente, se apresuraron a ir a sus clases. Las clases, las tareas y un examen agotaron a Casey. Se arrastró hasta su carro y, suspirando, se hundió en su tapicería. Pulsó el play de su CD de Tchaikovsky y dejó que el oleaje de la orquesta calmara su ansiedad.

CAPÍTULO SEIS:
POR EL CAMINO DEL CEMENTERIO

Cuando llegó a su casa, optó por no aparcar en la entrada. *El carro de Papá no está aquí.* Casey se rascó bajo la manga de su abrigo.

Supongo que Mamá sigue allí y está más enfadada que esta mañana. El reloj del tablero de instrumentos llamó su atención. Los niños deberían bajar pronto del autobús de actividades. Si me tomo mi tiempo, puedo encontrarme con ellos en la parada del autobús y acompañarlos a casa. Me pregunto si se habrán enterado de lo del guardia de cruce.

Se anudó la bufanda de Tim en la garganta y comenzó su camino. Su colonia de cedro perfumaba la tela y la envolvía en una sensación de seguridad y bienestar. Serpenteó por Sage Drive hasta llegar a Rosemary, un viaje más largo que el de subir directamente por Basil hasta la parada del autobús, pero tenía tiempo para matar. Rosemary tenía menos casas y un viejo cementerio.

En la puerta del cementerio, unas manchas amarillas y violetas se abrían paso entre las turbias acumulaciones de nieve. Casey se agachó y tocó los delicados pétalos de azafrán. Hizo fotos con su móvil y envió copias a Tim y Jaimie con el hashtag "señales de la primavera. No pierdas la esperanza".

Un gemido atrajo su atención. Justo dentro de las puertas del cementerio, un perro negro y desaliñado se agachaba. Su enorme cabeza descansaba sobre unas patas del tamaño de un plato de postre. Unas pesadas cejas colgaban sobre unos suplicantes ojos marrones.

El gemido del perro desgarró el corazón de Casey. Se encorvó para acercarse con cautela. Mantuvo la voz baja y nivelada. "Buen chico. ¿Qué haces aquí en el frío? ¿Estás herido?".

El perro le olfateó la mano con la cautela de un perro callejero, sin acercarse lo suficiente como para tocarlo, antes de darse la vuelta y caminar a lo largo del camino del cementerio. Se detuvo a unos pasos y se volvió con una súplica y un gemido.

"¿Quieres que te siga?".

El perro hizo una cabriola y movió la cola.

Casey miró su teléfono. *Todavía hay tiempo para recoger a los niños.* "Ya voy".

La nieve vieja crujía bajo sus botas de montaña, pero el perro avanzaba sin hacer ruido entre los monumentos y las lápidas. El camino se dividió. Piedras más nuevas y planas marcaban tumbas a la izquierda. El perro tomó el camino de la derecha, donde reinaban imponentes estructuras de mármol de finales de los años 1700 y 1800. Cuando Casey se detuvo, el perro miró por encima de su enorme anca y gimió.

"Ya voy". *Me pregunto si encontraré a Timmy en un pozo, como en aquel viejo programa en blanco y negro "Lassie" que tanto le gustaba a la tía Mae.* Se estremeció. *Resulta extraño pensar en la burbujeante tía Mae quieta y bajo tierra.* Su mirada recorrió las tumbas.

El perro yacía en el suelo bajo un enorme abedul. Su nariz se movió hacia un agujero en la pared de piedra de una pequeña cripta.

Un grito lastimero, más silencioso que el susurro de

la brisa, emanaba de su interior.

Casey sintió la atracción, una necesidad irresistible de llorar a un ser vivo mientras pasaba a su siguiente plano de existencia. Le habían dicho que sus lágrimas despejaban el camino del alma que partía. *¿Hay una persona atrapada allí?* Las lágrimas fluyeron calientes desde Casey hasta enfriarse en sus mejillas. Se arrodilló junto a la cripta, ignorando el frío que se derretía en sus curtidos vaqueros. Se apoyó en las manos para ver mejor.

Está demasiado oscuro. Encendió su teléfono móvil. Algo en su interior reflejó su luz. *¿Un animal? Sí.*

Miró al perro por encima del hombro. Golpeó su peluda cola contra el suelo. Su voz temblaba de emoción reprimida. "¿Quieres que llore por tu amigo?

Golpe, golpe, golpe fue su cola.

Casey entrecerró los ojos en la oscuridad. Pelaje gris con rayas plateadas y negras. *Un gato.* Casey metió la mano en el agujero. *La pobre criatura podría atacarme.* Pero no lo hizo. Aceptó su tacto y ronroneó con un ritmo interrumpido. Las fosas nasales ennegrecidas por los mocos y desesperadas por el oxígeno se encendieron. Casey tarareó su agonía hasta que el gato dio un último y estremecedor respiro. *Descansa en paz, pequeño.*

Se secó los ojos. La intensa melancolía se disipó cuando el animal pasó. Inhaló. "Entonces, ¿también soy una psicopompa para los animales?". Alcanzó a abrazar al perro negro, pero éste se escabulló fuera de su alcance.

"No pasa nada". Levantó las manos en señal de rendición. "A mí tampoco me gusta que me toquen. Al menos, no hasta que conozco bien a la persona". Se limpió una lágrima errante e inclinó la cabeza hacia el perro. "¿Quieres venir conmigo? He quedado con mi hermana pequeña y mi hermano. Les encantaría conocerte. Todos hemos querido tener una mascota. Pero Mamá dice que no podemos tener una".

El perro se levantó y se temblaba. El pelaje negro se desprendió de él para volver a instalarse en su pelaje. Se alejó dando palmaditas, sus grandes patas no perturbaron la nieve con su paso y no dejaron huellas.

Casey se limpió la nariz. "Bien, entonces. Seguiré mi camino".

En la parada del autobús, observó el parloteo de los pájaros en las ramas de los árboles cercanos, cargados de apretados capullos como confeti de color chartreuse. Hizo otra foto y la etiquetó como antes, pero añadió: "Ven, te lo dije. La primavera llegará antes de que nos demos cuenta".

La primavera. Otro equinoccio. Algo en su interior palpitó de preocupación. Fue una ceremonia durante el último equinoccio de otoño la que causó todos los problemas anteriores. Gracias a ella, ahora podía saber cuándo alguien iba a morir. No tenía más remedio que llorar su muerte.

El autobús se detuvo con un chirrido y un silbido de emisiones. Malcolm salió de la puerta en cuanto se abrió y se lanzó hacia Casey. "¡Hermana! ¡Eres tú!"

"¡Hermano!" Le besó la mejilla.

Se apartó y se limpió la mejilla. "Qué asco, Casey". Y él dijo en voz bajo: "Los chicos están mirando".

Ella se rió y resistió el impulso de erizarle el pelo. "Lo siento".

Rachel se apoyó en una señal de stop y sacudió la cabeza.

"Oye, ¿dónde está tu gorro, Malcolm?".

Él gruñó y señaló su mochila mientras se inclinaba para levantarla.

"Esa mochila no tiene orejas que necesiten calentarse, así que el gorro no le sirve de nada metido dentro". Rachel se ajustó su propio gorro de punto hasta que la bola de aire de la parte superior cayó como una cola de caballo.

"Entrégalas. Ya han llevado estas cargas lo suficiente por hoy". Casey recogió sus mochilas, observando el desgaste. *Necesitan unas nuevas. Éstas se romperán antes de que termine el curso escolar.* Les hizo un gesto con las cejas. "Al menos hasta que lleguemos a casa y hagan los deberes". Casey los guio por Rosemary. *No tiene sentido ir deprisa a casa. No sé cómo va a estar Mamá.*

Parlotearon sobre los días de colegio y la clase de gimnasia y los maestros que todos conocían. Nadie mencionó al guardia de cruce ni su fatal accidente. El aire fresco enrojeció sus mejillas y narices cuando se acercaron a las puertas del cementerio. El gran perro se paró en la entrada y observó su paso.

Casey le hizo un gesto con la cabeza.

Rachel se puso las manos en las caderas y frunció el ceño. Miró del cementerio a Casey.

Casey se rió de su hermana. *Parece una elfa enfadada con guantes desparejados.* "¿Qué?".

Rachel sacudió la cabeza y se adelantó a ellos, con la cabeza metida para evitar el viento.

Malcolm abrió los ojos. "¿Qué le pasa?".

Avanzaron a trompicones detrás de Rachel.

Casey se encogió de hombros. "No lo sé. Quizá no le gustan los perros".

"¿Los perros? ¿Qué tienen que ver los perros?".

Casey miró por encima del hombro. El perro estaba quieto como un centinela justo dentro de la puerta del cementerio. Casey hizo girar a Malcolm. "Él".

Malcolm ladeó la cabeza y se puso de puntillas. "¿Él qué?".

El perro parpadeó lenta y sabiamente.

Oh, no. No pueden verle. Casey se estremeció. *Genial.* Se aclaró la garganta. "Yo vi un perro".

CAPÍTULO SIETE:
UNA BIENVENIDA DEMASIADO CÁLIDA

Casey metió el carro en la entrada y se entretuvo en limpiarlo. Escondió las llaves en el bolsillo interior de su mochila. *Por si Mamá decide que quiere dar una vuelta. No encuentra las llaves. No puede conducir.*

El portazo de la puerta mosquitera anunció su llegada. *Deberían haber cambiado la mosquitera por la contrapuerta, pero oye, la primavera ya está casi aquí, así que no tiene sentido.* El calor los acosó. Rachel se quitó el abrigo y los guantes con movimientos sigilosos, como si temiera que los movimientos rápidos o los ruidos fuertes pudieran provocar un ataque.

Sin embargo, Malcolm gritó: "¡Caramba! ¿Por qué hace tanto calor aquí?". Se quitó la ropa de invierno y dejó un rastro de punto mientras se subía a una silla para comprobar el termostato. "¿Está roto este cacharro? Dice que está a nueve cero F. ¿Debería estarlo?".

Casey repitió: "¿90 grados? No, lo arreglaré. El termostato debe de haberse golpeado".

Antes de que tocara el dial, un gruñido de

desaprobación demasiado humano le hizo bajar el estómago. "No. Toques. Eso".

Casey se congeló. Malcolm la agarró por el cuello de la camisa, con los ojos saltones en su pálido rostro.

Madre.

"¿No te gusta el calor de bienvenida, Casey Prissy?".

Vestida con un top de lentejuelas y unos pantalones elásticos grises, su pelo canoso escapando de un montón sobre la cabeza, Mamá se asomó a la cocina. Le había fallado el desodorante y el sudor le manchaba el maquillaje.

"Oh, no me había dado cuenta de que lo habías puesto así. Lo siento, Mamá". *Con cuidado de no cruzar las miradas con ella.* Casey espantó a los niños. "Subamos a hacer los deberes". Miró por encima del hombro la mancha en el vientre de Mamá. *Lo más probable es que la jalea de uva hubiera ensombrecido el brillo plateado.* "Nos mantendremos al margen y en silencio. ¿Está bien?".

Con una voz como un pequeño desprendimiento de rocas, Mamá dijo: "No. Está. Bien". Se dirigió a la escalera trasera y les bloqueó la salida. "Hace una eternidad que no los veo".

Un mes. Un glorioso mes.

"He estado cautiva en ese manicomio. Maltratada. Ridiculizada. Medio muerta de hambre".

A mí me parece que está muy bien alimentada.

Rachel dio un pisotón. "Basta, Mamá. Fuimos a verte el domingo".

"No todos". Mamá frunció el ceño mirando a Casey.

Casey murmuró: "El domingo trabajé en la biblioteca. Teníamos que catalogar un nuevo envío". A

Casey le ardían las mejillas. *Además, no creía que me echara de menos.*

"¿Y dónde estaba Hettie? Se va en carro a otros estados para ayudar a otras personas, pero cuando su propia hermana está en el hospital..."

Casey sintió una oleada de ira y le tembló la voz. *¿Cómo se atreve? La tía Hettie ha estado aquí casi todos los días desde que Mamá fue a ese centro de tratamiento, intentando ayudar, aunque apenas podía mantenerse en pie por el agotamiento.* "La tía Hettie estaba trabajando en doble turno. Ya sabes que siempre hace horas extra los domingos. Es cuando pasan los autobuses de las giras de vuelta a su lugar de origen. Suelen dar buenas propinas".

Los ojos de Mamá se llenaron de lágrimas y sus mejillas panzudas temblaron. "¿Ven cómo me habla? Lo que tengo que aguantar". Señaló con un dedo tembloroso a Casey. "¡Qué más afilado que el diente de una serpiente es tener un hijo ingrato!"

Rachel, hinchada como estaba, sólo llegó al vientre de Mamá. "*El Rey Lear,* ¿eh? Bueno, Shakespeare también dijo: 'La mayor parió más'".

Casey jadeó. *¿Está leyendo El Rey Lear? Sólo tiene diez años.*

Las mejillas de Rachel se encendieron de un rojo intenso. "¿Por qué eres tan mala con Casey, Mamá? ¿Qué ha hecho ella para merecer que la odies?".

Mamá balbuceó: "¿Yo? ¿Mala?".

Malcolm se deslizó detrás de Casey. Su mano en la de ella se sentía helada a pesar del calor.

Mamá va a matar a Rachel.

"Rachel", le dolía la cabeza a Casey. *¿Por qué su madre no puede ser normal?* "No hace falta que me defiendas". Suplicó en el silencio con los ojos llenos de preocupación. *Déjalo. No quiero que te hagan daño.* "Mamá, espero que cuando termines tu estancia con los médicos te sientas de otra manera".

"He terminado con los médicos y sus ideas descabelladas. He terminado con los hospitales y las medicinas que me hacen sentir como un zombi. Y he terminado contigo, ¡perra miserable! ¡Los has puesto en mi contra! Mis dulces hijos me odian por tu culpa". Señaló, con los ojos nublados por la rabia.

"No, no te odian". Casey empujó a Rachel detrás de ella. Malcolm soltó la mano de Casey, probablemente para agarrar la de Rachel. "Todos te queremos. Sólo queremos que vuelvas a estar bien".

"Por cierto", la cabeza de Mamá se balanceó y una sonrisa de satisfacción cruzó sus labios. "Han llamado del colegio. Parece que tu beca ha sido aprobada. Puedes mudarte mañana si quieres".

Rachel jadeó. "¿Mudarse?".

"Sí, Rachel. Tu madre sustituta está buscando la forma de volar el gallinero. No se preocupa por ti tanto como creías, ¿verdad?". Se rió. "Hace que te preguntes por qué tiene tantas ganas de echarme, ¿no?".

Casey suspiró. "No queremos echarte. ¿No lo ves? Con el tratamiento..."

Mamá se inclinó lo suficiente como para que la saliva salpicara la cara de Casey. "¿No me has oído? Ese hospital no ayuda".

Rachel irrumpió por detrás de Casey, tirando de Malcolm. "Ni siquiera has llegado a la mitad del plan de tratamiento".

Casey agarró a Rachel por el hombro: "Sube, Rachel. Llévate a Malcolm y no vuelvas hasta que te lo diga. Ahora".

A Rachel le tembló el labio. Malcolm escondió la cara en el codo.

Casey no vio el golpe, pero las estrellas la cegaron después de que cayera. Se cayó contra los niños. Se esforzó por mantenerlos en pie. *¿Qué me ha golpeado? ¿Están bien Rachel y Malcolm?*

Rachel gritó: "¡Mamá!".

Malcolm se lamentó. "Casey, ¿estás bien?".

Cuando Rachel tocó con un dedo la parte posterior de la cabeza de Casey, ésta se estremeció.

Rachel se quedó mirando su mano enrojecida. Exhaló las palabras "¿Qué has hecho?". con incredulidad.

La sangre goteaba alrededor de la oreja de Casey y en su boca, metálica y pegajosa. Mamá sostenía una silla en alto, con los ojos y la boca muy abiertos. Restos de pelo de Casey colgaban como si fueran culpables de las patas de metal.

Con una voz lejana, Casey preguntó: "¿Por qué me has pegado?".

CAPÍTULO OCHO:
LLAMADAS TELEFÓNICAS Y
VENDAS EN LA CABEZA

Casey dio un respingo cuando la silla repiqueteó detrás de ella. Mamá entró arrastrando los pies en el salón. Los muelles del sofá gimieron cuando se dejó caer en él.

Rachel le entregó a Casey un paño de cocina. "Trae hielo, Malcolm"

Casey tocó la mejilla de su hermana. "Gracias, cariño".

La cara de Rachel palideció cuando Casey se tambaleó hasta ponerse de pie. "Case..."

"Todo irá bien". *En cuanto el mundo deje de girar.* "Deja que me limpie esto y me tome una medicina para poder pensar qué hacer a continuación".

Casey subió las escaleras a trompicones mientras Rachel y Malcolm la seguían. Encontró un frasco de analgésico en el botiquín, cogió un poco de agua del lavabo y se tragó dos pastillas. "Me tumbaré un par de minutos hasta que estos amiguitos empiecen a hacer efecto". Agitó el frasco antes de volver a colocarlo.

Los niños la siguieron hasta su dormitorio.

"Casey, tu cabeza sigue sangrando". Malcolm se metió el pulgar en la boca, una costumbre que había abandonado hace dos años.

Casey puso el hielo y el paño de cocina en su cama y descansó la herida encima. "Pronto dejará". Cerró los ojos para evitar que la habitación diera vueltas.

Rachel se retorció las manos. "Quizá deberías ir al hospital. Puede que necesites que te cosan o algo así".

Casey se llevó la mano al bolsillo trasero y sacó el teléfono. Envió un mensaje a Papá. "¿Ya estás en camino a casa?". *Por favor, esté casi en casa.* La escena giró y el estómago de Casey se revolvió.

"¿Case?". La preocupación de Rachel jugaba en su rostro con la palidez y los surcos. "¿Qué pasa con el hospital?".

Casey cogió la mano de Rachel. "Ahora mismo no puedo conducir".

Rachel se mordió el labio. "Puedo llamar al 9-1-1".

Casey le apretó la mano. "No puedo permitirme un viaje en ambulancia".

Rachel gimió.

"Estaré bien hasta que Papá llegue a casa. ¿Quién sabe? Puede que esté mejor antes de que llegue".

El teléfono tintineó. Rachel lo cogió. "Te leeré el mensaje. Descansa". Suspiró. "Es de Jaimie, no de Papá. Dice que conocerá a su nueva compañera de cuarto por la mañana. Está nerviosa".

Malcolm le entregó a Casey su oso de peluche. "Abrázalo, Casey. Te ayudará a que no te duela". Susurró: "Me ayuda a mí".

Casey tiró de su hermano hacia ella. "Gracias. Te quiero".

"Te quiero, Casey". Abrazó al oso. "Por favor, no te mueras".

¿Morir? ¿Qué mal aspecto tengo? "¿Puedes traerme el espejo, por favor? El que está en mi escritorio".

Malcolm trajo el espejo.

La sangre le enmarañaba el pelo y le manchaba la mejilla izquierda. El cansancio rodeaba sus ojos como babosas hinchadas y oscuras, pero ninguna muerte enmascaraba sus rasgos. *El sentido de Banshee dice que viviré.* Se limpió la sangre de la cara. "No me estoy muriendo, hermanito".

Su teléfono volvió a tintinear. Rachel apretó los labios. "No es Papá. ¿Por qué no contesta?". Entornó los ojos hacia la pantalla como si deseara la respuesta de su padre, golpeando con los pulgares.

"Casey", carraspeó Rachel. "¿De verdad nos vas a dejar?".

Un escalofrío recorrió la columna vertebral de Casey a pesar del ridículo calor que salía de las rejillas de ventilación del piso. "Cariño, estaba pensando en quedarme en el campus, pero nunca te dejaría". Ignoró el mareo y se impulsó hasta quedar sentada.

"Estaríamos solos. Ya sabes, después de las clases y todo eso. A no ser", se estremeció, "que Mamá estuviera en casa".

He sido tan egoísta. "No te dejaré sola con ella. Por favor, no te preocupes".

Sonó el teléfono de Casey. Rachel contestó. "Hola, Tim. Soy la hermana de Casey, Rachel. Estoy bien. Bueno, más o menos. Pero por eso te he mandado un mensaje. Sí, ¿podrías llevar a mi hermana al médico?".

Casey se quedó con la boca abierta. "Rachel, no te pedí que llamaras a Tim". Oyó la respuesta de Tim: "Ya voy".

El teléfono tintineó otra notificación de texto. "Es Papá. Llegará a casa dentro de una hora. ¿Le digo lo que ha pasado?".

Casey se encogió de hombros. "No tiene sentido ahora, en realidad, si ustedes dos vienen conmigo al hospital. Tim llegará antes de que Papá llegue a casa". *No tiene sentido molestarle cuando todavía está en el trabajo.* "Dejaremos una nota".

Malcolm palideció. "¿Y Mamá?".

"Supongo que podría enviar un mensaje de texto a la tía Hettie". Casey se esforzó por concentrarse en el pequeño teclado.

Rachel suspiró. "Dale aquí. Le enviaré un mensaje". Mientras escribía, Rachel frunció los labios. "Necesito mi propio teléfono". Dejó el teléfono en la mesilla de su hermana. "Sobre todo si vas a abandonar el barco. Quiero decir que si necesito llamar a la policía o a una ambulancia o algo así".

Casey asintió. "Ese es un punto muy bueno".

Rachel se agachó y comprobó la bolsa de hielo que se estaba derritiendo bajo Casey. "Volveré".

La respuesta de la tía Hettie vaciló ligeramente mientras Casey se esforzaba por concentrarse: "Estoy en camino. Vete en cuanto llegue Tim. No me esperes, y hazme saber que estás bien después".

Rachel volvió con un paño de cocina fresco envuelto en una bolsa de guisantes congelados. "Ponte esto en la cabeza".

"Rach, ¿te has dado un golpe en la boca?". Casey tocó suavemente la mejilla de su hermana.

Rachel se apartó. "Sí, pero estoy bien. ¿Salimos a esperar a Tim?".

"Claro". Bajaron sigilosamente las escaleras.

Al pasar por el salón, oyeron a Mamá sollozar contra la almohada. Rachel frunció el ceño y susurró: "¿Crees que volverá a ponerse bien? Quiero decir, de verdad".

Casey estudió la pintura desconchada del pasillo antes de acompañar a los niños al exterior.

No si no sigue el consejo de los médicos.

Apenas se cerró la puerta mosquitera, Tim entró en la entrada. Dejó el motor en marcha mientras saltaba para ayudar a Casey a entrar. "Mi pobre chica". Después de que Casey se abrochara el cinturón de seguridad, preguntó: "¿Nos llevamos a los niños?". La preocupación arrugó su ceño. "No tengo asiento para el carro".

Rachel le tocó el codo. "Nuestra tía Hettie está de camino. Ve tú. Cuida de nuestra niña".

CAPÍTULO NUEVE:
EL HOSPITAL UNIVERSITARIO

Tim aparcó en el aparcamiento de la sala de urgencias. "¿Necesitas una silla de ruedas?".

"No". *¿En serio?* A pesar de su valentía, Casey se apoyó en el carro hasta que se le pasó el mareo.

Tim corrió a la acera y trajo una silla de ruedas con un gran número 7 pintado en la espalda. "Sé que estás bien, pero si te caes, podrías hacerte más daño". Apoyó una gran mano en su hombro. "Por favor, no seas obstinada. Es una situación temporal".

Casey puso los ojos en blanco. "Bien". Se sentó y dejó que la empujara. Él le frotó el hombro mientras ella se registraba y presentaba su tarjeta del seguro.

Cuando le preguntó cuánto tiempo debían esperar, la enfermera de admisión se inclinó hacia delante como una conspiradora y le susurró: "Tienes una herida sangrante en la cabeza. Te llamarán pronto". Levantó las cejas como si hubieran ganado un premio.

Intercambiaron miradas confusas, pero Tim respondió: "Gracias".

Cuando se sentaron, Casey apoyó la cabeza en el

hombro de Tim. "Es como si te chupara todo el calor". Cerró los ojos ante el mundo que giraba y todos los heridos en las sillas incómodas de la sala de espera de Urgencias.

Tim le besó la sien. "Puedes quedarte con todo mi calor si te sirve de ayuda". Le rodeó el hombro con un brazo y ella se acurrucó más. Un equipo de alegres reporteros repetía las noticias locales en la televisión. Sus bromas se desvanecieron y Casey se adormeció.

En su sueño, la bruja estaba junto a la puerta corredera de Urgencias, haciendo señas con los dedos de uñas largas, con su vestido blanco y fluido sacudido por una brisa sobrenatural. Esta bruja había rondado los sueños de Casey desde que participó en la ceremonia del equinoccio de otoño meses atrás, ya que había frecuentado los sueños de todos los participantes. El presentimiento se apoderó de las entrañas de Casey y, como siempre que estaba en presencia de la banshee de pelo oscuro, le preocupaba vomitar.

"¡Casey!" La sonrisa de la bruja revelaba demasiados dientes rodeados de labios carmesí. Los ojos estaban enrojecidos, como si hubiera pasado la mayor parte de su vida llorando, pero brillaba con belleza interior. "Estás a punto de conocer a una amiga".

Tim la despertó de un empujón. "Cariño, están preparados para ti". Le frotó el hombro.

Ella parpadeó bajo el resplandor de las luces artificiales y trató de recordar dónde estaba y cómo había llegado allí. La cabeza le palpitaba y Tim sostenía un paño de cocina manchado de sangre. *Ah, sí. Esa es mi sangre. Mamá me golpeó en la cabeza.*

Siguieron a una mujer con bata morada a través de unas puertas tan parecidas a las del sueño de Casey que ésta se estremeció. Recelosa, respondió a las preguntas en un portapapeles. No, no se desmayó. Sí, experimentaba dolor de cabeza, náuseas y fatiga. Algo de mareo. Aunque tenía algo de niebla, no tenía amnesia.

Cuando Casey agachó la cabeza para examinar rápidamente la herida, la enfermera silbó. "Cariño, ¿cómo te has hecho este corte?".

Casey se puso rígida. "¿Cómo?". *¿Qué digo? ¿Que mi chiflada madre me golpeó con una silla de cocina?*

"Ah", vaciló y luego, con los ojos tan abiertos como las tartas de nueces de la tía Mae, Casey suplicó en silencio que Tim le diera una solución.

Tim abrió la boca, pero permaneció en silencio.

La enfermera se aclaró la garganta. "Tendrás que salir, por favor". Abrió la cortina y levantó una ceja hacia Tim. "La señorita Adams necesita ponerse una bata de hospital".

Tim vaciló. "¿Adónde debo ir?".

"¿Recuerdas cómo se llega a la sala de espera? Está por este pasillo". Señaló. "A la izquierda, y a través de las puertas".

"¿Vendrás a buscarme cuando esté... decente?".

La enfermera asintió. "Iremos a buscarte". Corrió la cortina sobre la cara embobada de Tim y volvió a prestar atención a Casey. Acercó una silla y se sentó. En voz baja, preguntó: "Señorita Adams, ¿está siendo o ha sido maltratada?".

Casey se movió, incómoda en la mesa de exploración con su arrugado papel blanco. *¿Sospecha de alguna manera? ¿Acaso conoce a mi madre?*

Inquieta bajo el escrutinio de la enfermera, Casey buscó una mentira plausible. *Tengo que decir algo.*

"No, me caí y me golpeé la cabeza en la cocina". Formó con dificultad la invención.

La enfermera tocó la mano de Casey. Casey dio un pequeño salto.

La enfermera enarcó las cejas. "Cariño, aquí estás a salvo. Él no puede hacerte daño".

"Ves, soy muy torpe. Espera. ¿Él?".

Los ojos de la enfermera se abrieron de par en par con compasión. "Lo vemos aquí todo el tiempo, así que no debes tener miedo. Podemos llamar a un trabajador social y estar seguros de que estás a salvo".

Casey parpadeó. *¿Qué estaba diciendo?* "No lo entiendo. ¿Quién crees que me ha pegado?".

La enfermera echó un vistazo a la cortina.

"Espera, no crees que Tim... ¡No! Vino a ayudarme después de..." Las palabras de Casey murieron en su garganta apretada. *Maldición. Casi he dicho "después de que Mamá me pegaba".* El papel que había debajo de Casey se arrugó mientras se balanceaba. *No importa lo que diga, seguro que meto a Mamá en problemas.* Tarareó para sí misma para ayudar a calmar sus pensamientos. *O a Tim.* Su alegre canción vibraba en su garganta y la devolvía a la seguridad y el confort. *No puedo creer que haya puesto a Tim bajo sospecha.*

"Cariño, Casey". La enfermera se detuvo antes de tocarla. "No quiero molestarte. Necesito que entiendas que estamos aquí para ayudar. Eso es todo". Sacó una bata verde de hospital del banco de cajones de la sala de exploración. "Ponte esto, por favor. Puedes dejarte la ropa interior, pero todo lo demás te lo quitas.

Incluso los calcetines. Tenemos estos calcetines antideslizantes para que te los pongas. ¿De acuerdo?".

Casey asintió sin levantar la vista.

La enfermera tomó notas en la ficha de Casey.

Me pregunto qué estará escribiendo.

"Volveré en un par de minutos para tomarte la tensión. Por cierto, ¿estás o hay alguna posibilidad de que estés embarazada?".

Casey se sonrojó y estudió su regazo. "Ah, no".

"De acuerdo. Sin embargo, necesitaremos una muestra de orina, así que cuando tengas que orinar, aquí tienes un vaso para muestras, toallitas e instrucciones. El baño está enfrente del puesto de la enfermera".

"De acuerdo. ¿Puede volver Tim cuando esté situada, por favor?".

El silencio se prolongó durante unos segundos eternos, pero la enfermera dijo: "Por supuesto. Puede sentarse contigo hasta que el médico te dé órdenes. Probablemente necesitarás radiografías y quizá puntos de sutura". La enfermera pasó una página de la cartilla. "Por cierto, ¿cuándo fue tu última vacuna antitetánica?".

"No me acuerdo".

"No te preocupes. Ponte la bata. El médico te verá pronto".

"¿Y te llamarás a Tim?".

"En cuanto esté lista". Sonrió mientras cerraba la cortina tras ella.

CAPÍTULO DIEZ:
CITA CON EL MÉDICO

¿Por qué las batas de hospital se abren por detrás? Casey sujetó las solapas con una mano en lugar de confiar en los endebles lazos. *Nadie tiene que verme el trasero.* Con la otra, se llevó el paño de cocina estropeado a la cabeza. *Y estoy segura de que bata no es el término adecuado para este endeble trozo de tela.* Siguió las instrucciones para la muestra requerida y la llevó al puesto de la enfermera. "¿Puede llamar mi... Tim ahora, por favor?".

Un hombre vestido con ropa de quirófano asintió. "Te lo enviaré".

Casey avanzó torpemente hacia su cama designada. Antes de que desapareciera tras la cortina de su sala de examinación, un hombre del otro lado del pasillo hizo un "psst" para llamar su atención. El mundo se tambaleó un poco hasta que Casey encontró el origen de la llamada. La negrura nublaba la parte inferior del torso del hombre. Su piel brillaba con un amarillo ceroso bajo las luces poco favorecedoras. Casey lo supo antes de establecer contacto visual. El hombre moriría antes de que concluyera la noche.

Las lágrimas escocían y caían. Se cubrió la cara cuando los sollozos la desgarraron. El paño de cocina y la improvisada bolsa de hielo salpicaron el linóleo.

"¿Qué ocurre, señorita?". El moribundo apoyó una mano en el hombro de Casey. "Soy el doctor Ohr. ¿Puedo ayudar?".

Se está muriendo, pero sigue intentando ayudar a los demás. Un gemido brotó en su garganta, pero lo reprimió hasta que su estómago rebotó con hipo. Entre resoplidos, preguntó: "¿Por qué me ha llamado, señor?".

Él le pasó un mechón de pelo ensangrentado por detrás de la oreja. "No estoy seguro. Creo que no quería que tuvieras miedo". Sonrió alrededor de unos dientes encajados en unas encías retraídas y ensangrentadas.

Contrólate, Casey. Este buen hombre te necesita. "Es muy amable, doctor Ohr. Yo tampoco quiero que tengas miedo".

El médico se calmó. Se quitó las gafas y se las limpió con el dobladillo de la bata del hospital, dejando al descubierto unas piernas desechas. "Ya veo". Volvió a colocarse las gafas. "Me preguntaba cuánto faltaba para conocerte".

La cabeza de Casey se levantó de golpe. Las lágrimas brotaron de ella.

"Creo que te conozco. Eres la Dama de la Muerte, ¿verdad? Algunos de mis pacientes menos afortunados me hablaron de ti". Su mirada la recorrió. "Eres más pequeña de lo que pensaba. Y más joven. Aun así, por fin nos conocemos". Se inclinó un sombrero imaginario.

Los mocos le ardían en la garganta y le goteaban de

la nariz. Las lágrimas cayeron sin remedio.

El hombre se apoyó en el marco de su habitación. "¿Cuánto tiempo tengo?".

Casey dejó que su mente explorara las posibilidades. "No más de una hora".

El Dr. Ohr palideció. "Creo que lo sabía". Volvió a limpiarse las gafas. "Supongo que por eso te he llamado. ¿Y cómo funciona esto?".

Casey cerró los ojos y moqueó, con el estómago revuelto y los hombros temblorosos. "No lo sé", balbuceó Casey. "La verdad es que no. Lo único que puedo hacer es ver y llorar". Se ahogó la cara con las manos y su pelo la cubrió como un velo de luto dorado. "Se supone que debo consolarte, creo, pero no sé cómo". Ella susurró: "Lo siento".

Él le pasó un brazo por el hombro y la apretó. "Creo en una vida después de la muerte. He tenido una existencia plena, he ayudado a algunos, he cometido errores. Mi fe me acompañará, así que no te preocupes". Le dio unas palmaditas en el hombro.

Me está consolando. Ella se volvió hacia él y abrazó al moribundo. *Qué raro. No me importa abrazarlo, aunque normalmente rehúyo esas muestras.* "No creo que tengas nada de qué preocuparte".

Estiró una sonrisa. "Yo tampoco". Se acercó cojeando a la silla de su sala de exploración y dejó que su cabeza se inclinara hacia atrás. Sus rasgos se relajaron y sus ojos se cerraron. Su respiración se volvió entrecortada y sus palabras se agitaron. "Creo que lo entiendo. Tu presencia es reconfortante. Me siento en paz". Abrió un ojo e inclinó la cabeza. "Gracias por la ayuda".

Se estremeció. El sudor le agriaba la cara y el

pecho. Jadeó y su cuello se arqueó hasta que su barbilla apuntó hacia el techo.

"Enfermera", gritó Casey. "¡Por favor, ven rápido! El Dr. Ohr la necesita". Volvió a entrar en su habitación mientras el personal se apresuraba a socorrer al médico. Se subió al papel arrugado de su mesa de exploración y se hizo un ovillo de desesperación.

El personal del hospital respondió a los chirridos de los monitores del doctor Ohr. Gritaron códigos e intentaron en vano salvarle.

Lágrimas cargadas de rímel mancharon las rodillas de su bata de hospital para cuando Casey sintió que su espíritu pasaba. La sangre se deslizaba por su pelo. Lloró por los codos. *Me pregunto dónde estará Tim.*

Un auxiliar se unió a ella, pasando páginas de su historial. Se dirigió a ella con voz desapasionada. "¿Casey Adams?". Levantó la vista, se detuvo y volvió a centrar su atención en los papeles del portapapeles. "El médico necesita radiografías". Dejó a un lado el tablero y se acercó a una silla de ruedas azul. "Por favor, siéntate".

Adormecida, Casey obedeció. Se quedó quieta mientras el técnico hacía las radiografías, y se sentó en la silla de ruedas para volver a la sala de exploración.

Las cortinas abiertas alrededor de la sala de examen del Dr. Ohr revelaron a un equipo que esterilizaba el espacio vacío. Casey rezó otra oración al pasar. *Era muy amable.*

El neurólogo y dos ayudantes descorrieron la cortina de la sala de Casey y subieron un taburete con ruedas para el neurólogo, el Dr. Cephalius. "Tienes una conmoción cerebral leve, pero creo que ya lo sabías. Por eso estás aquí. Por eso y por el corte". Se levantó y separó el pelo de Casey con las manos enguantadas de color púrpura.

La nariz de Casey se arrugó. *El antiséptico no es una buena colonia.*

El neurólogo chasqueó los dedos. "El doctor Wilson atenderá la herida".

Uno de los ayudantes examinó la herida de Casey. "No hay alergias, ¿verdad, señorita Adams?".

"Ninguna que yo sepa".

El doctor Wilson jugueteó con el pelo de Casey y sacó unas tijeras del bolsillo. Sonó un "snip, snip", devolvió las tijeras y cogió lo que parecía una pistola de clavos de un carrito metálico. Tras un golpe con un paquete que olía a amoníaco, la pistola mordió la cabeza de Casey una, dos, tres veces. El Dr. Wilson dejó el instrumento a un lado. "Tendrás que volver para que te quiten las grapas".

Casey se apartó, irritada. Su voz temblaba de indignación. "¿Me han puesto grapas en la cabeza?".

"La herida se abrió demasiado para el pegamento".

El neurólogo dejó una hoja de precauciones y una receta de analgésicos. "Puedes vestirte y marcharte. Que pases una buena noche". El trío corrió la cortina de su retiro.

Casey se aclaró la sangre del pelo en el pequeño lavabo plateado y utilizó la bata del hospital para secarlo. Probablemente no era el mejor plan para una noche fría de marzo, pero no soportaba cómo se enredaban los coágulos. Recogió sus pertenencias y volvió sobre sus pasos para reunirse con Tim en la sala de espera.

Saltó a su lado y le tocó los brazos con cuidado,

como si pudiera romperse. Una vena le palpitaba en la sien. "¿Estás bien? Te fuiste para siempre y estaba muy preocupado".

Casey se estremeció. *Pensaron que me había hecho daño.* Apoyó la cabeza contra su pecho, reconfortada por su calor.

En la salida, la tía Hettie, Rachel y Malcolm estuvieron a punto de chocar con ellos. "¡Oh, Casey!" La tía Hettie soltó las manos de los niños y abrazó a Casey.

CAPÍTULO ONCE:
VER EL DOBLE

Malcolm rodeó las piernas de Casey con sus brazos regordetes, pero Rachel ocultó su rostro tras un velo de pelo. Tim se apartó para dejar espacio a la familia.

Algo va mal. "¿Qué está pasando?".

La tía Hettie resopló. "¿Cómo estás, cariño? ¿Estás bien?". Pasó una mano por el lado de la cabeza de Casey, alisando su pelo enmarañado y manchado de sangre.

"Una conmoción cerebral leve. Estaba a punto de enviarte un mensaje. Me acaban de dar el alta". Casey ladeó la cabeza ante los ojos hinchados de lágrimas de la tía Hettie. "Estoy bien. De verdad".

"Me alegro mucho". La tía Hettie soltó a Casey y apoyó una suave mano en los hombros de Malcolm y Rachel. Se encorvó a la altura de sus orejas y dijo con voz tranquila: "Por favor, siéntense ahí un momento".

Rachel se asomó por detrás de su pelo: "Tía Hettie, esto no es necesario. De verdad".

"Por favor, Rachel". Señaló la tía Hettie.

Así que no se trata de mí. Cuando los chicos tomaron asiento, Tim se unió a ellos. Casey se aclaró la garganta. "¿Qué pasa?".

La enfermera de admisión llamó a "Rachel Adams".

La tía Hettie se sobresaltó. "Vuelvo enseguida". Se dirigió hacia el escritorio. "Vamos, Rachel". La tía Hettie la alcanzó.

Rachel se desplomó ante la mano de la tía Hettie.

Rachel parece un perro apaleado. Casey jadeó. *¿Mamá la ha herido?* Casey se sentó en el asiento que Rachel había abandonado. "Malcolm, ¿qué ha pasado?".

Sin mirar a Casey, Malcolm sacó un juguete de plástico del bolsillo y lo golpeó contra el brazo de la silla una, dos y una tercera vez.

Apoyó su mano sobre la de él. "¿Estás bien, Malcolm?".

La mandíbula de Malcolm se apretó. Miró al suelo y balanceó las piernas. Los agujeros en los dedos de sus zapatillas mostraban un atisbo de calcetines rojos. Los cordones andrajosos flotaban como un aliento de liebre tras el avance de su zapato.

El estómago de Casey se apretó en una roca dolorosa.

Un aleteo de blanco llamó su atención. Una enfermera los miraba fijamente desde la puerta. Parpadeó, lenta como una lagartija atrapada por el frío. Luego, su cabeza se sacudió y sus rasgos se desdibujaron como el arte pintado en un lienzo manchado de trementina. Cambió, todavía con la mirada fija, pero ya no tenía los ojos oscuros ni la piel oscura.

Casey jadeó. *¿Es la bruja de la ceremonia del equinoccio?*

Los rasgos de la mujer volvieron a cambiar, esta

vez, enrojecidos como una quemadura de sol.

Pero no está en un sueño. Estoy despierta. ¿Verdad? Casey se frotó los talones de las manos en los ojos y volvió a mirar.

La mujer parecía llenar todo el marco de la puerta, los ojos fríos como una llama azul, el pelo pálido como la luz de la luna. Sonreía con dulzura, con autodesprecio.

Casey jadeó. *Se parece a mí.*

Acarició a Malcolm y le susurró al oído: "¿Ves a esa enfermera de ahí?".

Malcolm miró hacia donde Casey señalaba disimuladamente, y luego, con los ojos abiertos como platos de tarta, volvió a mirar a Casey. "¿Cómo has hecho eso?".

Casey se estremeció. *La ve.*

"Se parece a ti, Casey".

La sonrisa de la parecida a Casey se inclinó hacia arriba, descendiendo bruscamente hacia una sonrisa malvada. Su rostro se transformó en una caricatura poco favorecedora.

Casey y Malcolm se estremecieron.

Malcolm volvió la cara hacia el hombro de Casey y susurró: "No, no se parece. No se parece a ti en absoluto".

Casey lo abrazó contra ella, con escalofríos que le subían por la espalda.

El pequeño cuerpo de Malcolm empezó a temblar con sollozos. "La golpeó, Casey. Te pegó a ti y pegó a Rach-Rach".

La No-Casey asintió con aparente regocijo.

Casey levantó la barbilla de su hermano, llena de lágrimas, confundida. "¿Quién lo hizo, Malcolm?

¿Quién nos ha pegado?".

Malcolm parpadeó para ahuyentar las lágrimas, con el rostro pálido bajo las manchas rojas. Tocó la cabeza vendada de Casey. Dejó caer la mirada hacia sus pies quietos y murmuró. "Supongo que no quieres que hable de ello".

"Oh, quieres decir..." Casey buscó a Rachel y a la tía Hettie. Se sentaron en la zona de registro. Rachel se desplomó hacia el escritorio, y su pelo ocultó sus rasgos, su moretón. El calor de la comprensión la invadió. Apoyó la cabeza en la frente de Malcolm. "Mamá, ¿también ha pegado a Rachel?".

Malcolm se acurrucó en el regazo de Casey y gimió hasta que se quedó dormido.

Con un suave movimiento, Casey le apartó el fino pelo de los ojos. *Hasta hoy no se chupaba el dedo desde que era un niño pequeño.*

La tía Hettie y Rachel siguieron a la enfermera hasta la sala de exploración.

¿Qué has hecho, Mamá?

A través de la ventana, Tim se paseaba, con el teléfono en la oreja. Dos nuevos pacientes esperaban el tratamiento, con lo que las filas de la sala se elevaban a doce, pero en ningún lugar de la sala Casey vio a su doble.

CAPÍTULO DOCE:
ACAMPADA EN CASA DE LA TÍA HETTIE

Mientras esperaban a Rachel y a la tía Hettie, Tim y Malcolm dormitaban, uno con una gran cabeza sobre el hombro de Casey, el otro acurrucado en su regazo.

Recuerdo que en la película "Jerry Maguire" un niño simpático decía que la cabeza humana pesa dos kilos. Se movió, con cuidado de no molestar a los durmientes. *Creo que se equivocó. Parece más bien que pesa dieciocho.*

Un carro se acercó a la entrada, con las cuatro ruedas parpadeando. El conductor saltó de su asiento y se apresuró a abrir el asiento trasero. La mujer agitó los brazos, frenética, gritando, con el rostro bañado por una tormenta de dolor.

La sensación de muerte inminente la abrumaba. *El hijo de esa mujer no va a sobrevivir.*

Casey acercó a su hermano y lloró entre los rizos oscuros de Tim. Su estómago se convulsionó y gimió, incapaz de apartar de su mente la imagen de la madre sosteniendo a su bebé azul e hinchado hasta que sus lágrimas la despejaron.

Cuando volvió en sí, Tim y Malcolm le dieron un

capullo de amor.

Tim le acarició el pelo. "Casey, ¿estás bien?".

Malcolm le frotó el brazo. "Te quiero, Casey".

La tía Hettie y Rachel salieron de Urgencias con los ojos enrojecidos.

Jadeando, Casey se esforzó por controlar su agitado ritmo cardíaco. Le dolía la frente con las cejas fruncidas y los pensamientos palpitantes. *Esta noche hay muchas lágrimas. Sólo quiero dormir. No puedo aguantar más.*

Casey y los chicos se levantaron para salir. Tim y Malcolm cogieron las manos de Casey.

"Vamos a hacer una fiesta de pijamas". La tía Hettie ofreció una sonrisa tambaleante. "Bueno, tú no, Tim. Lo siento". Una risita se le atascó en la garganta y amenazó con convertirse en un sollozo. O en un bufido.

Tim apretó la mano de Casey. "¿Puedo ser de alguna otra ayuda?".

Casey se puso de puntillas y besó los suaves labios de Tim. La barba de no haberse afeitado le arañó. "Has estado increíble. Gracias".

Pasó la mano por el pelo de Casey y su mirada se clavó en la de ella. "Haría cualquier cosa por ti".

Casey parpadeó para evitar las lágrimas. "Lo sé".

Rachel se aclaró la garganta y dio un golpecito con el pie.

Tim se sonrojó, avergonzado. "Supongo que me iré, entonces, ya que tienes que planear una fiesta de pijamas". Se inclinó y besó la frente de Casey, abrazó a Rachel y a la tía Hettie y despeinó a Malcolm. *Malcolm no protestó. Es inusual. ¿Quizá Tim le está gustando?*

La tía Hettie apoyó una mano en el brazo de Tim.

"Gracias, Tim".

¿Desde cuándo tiene las venas tan marcadas?

Tim se metió las manos en los bolsillos, y un suave rubor oscureció sus mejillas. "Es un placer, señora". Su mirada de cachorro hizo que el corazón de Casey perdiera el ritmo. "Amo a Casey, y todos ustedes significan el mundo para mí".

Sus labios carnosos brillaban con besos que Casey quería reclamar si no estuvieran rodeados de familiares y desconocidos heridos. Se relamió los labios y se apartó con un rubor.

Tim volvió a despedirse, abrazó a Casey y se marchó.

Mientras salía, Casey escudriñó la habitación. *¿Dónde se había metido la que se parecía a ella?* Se estremeció. *¿Y por qué tengo la sensación de que alguien me observa?*

CAPÍTULO TRECE:
PIJAMADA CON POCO SUEÑO

El pequeño apartamento de la tía Hettie se redujo con su llegada. Sacó un sofá cama para que lo compartieran. Para abrirlo, deslizaron la mesita de café y su contenido hacia la esquina de la habitación. El armazón metálico de la cama lo raspó al abrirlo. Un estrecho pasillo les permitió acceder al único baño y a la diminuta cocina.

"Compraré leche por la mañana. Y cereales. Hazme saber lo que les gusta comer. No me importa lo azucarado que sea". La tía Hettie le revolvió el pelo a Malcolm hasta ponerlo de punta. Él lo alisó con el ceño fruncido. "Pero ¿qué tal un poco de té de manzanilla antes de dormir?". La tía Hettie utilizó un mechero para encender la estufa de gas que había debajo de su tetera desportillada. "Tengo bastantes cepillos de dientes de más en el armario. El dentista me da uno nuevo incluso cuando el viejo está en buen estado, así que ha funcionado". Buscó cuatro tazas y sacó de la despensa una botella de miel con forma de osito.

Rachel se tumbó en el sofá cama. Éste chirrió y se

sacudió. Frunció el ceño, con los brazos extendidos como una mártir en una cruz. "¿Y la ropa? No podemos llevar estas cosas apestosas a la cama. ¿Y qué pasa mañana?".

La tía Hettie se mordió el interior de la mejilla. "Por esta noche, todos pueden llevar mis camisetas. Casey, te cabrá mi ropa". Miró a Rachel con los ojos entrecerrados. "Pero tendré que pensar en algo para ti y Malcolm para mañana".

Rachel se incorporó. "¿Por qué no podemos ir a buscar nuestra propia ropa?".

La tetera gritó. La tía Hettie se apresuró a ir a la alacena, reclamó las tazas y puso las bolsas de té a remojar. Su voz sonaba desinflada como un globo abandonado en una tarde de verano. "Veré lo que puedo hacer. De momento, tómate un té y acomódate".

Con un apartamento tan pequeño, todo quedaba al alcance de la mano. Desde su percha nocturna, los niños podían alcanzar la luz del salón o estirarse para coger el té de la encimera de la cocina.

Dos pasos llevaron a Casey hasta la puerta principal. Cinco la encontraron en el baño. Otros tres y llegó al dormitorio de la tía Hettie. Casey se paseó y retrocedió.

"Casey, cariño", la tía Hettie le sonrió a la cara. "¿Por qué no descansas un poco? Rachel ya está dormida y tu hermano está muerto de pie".

Malcolm se sobresaltó. "Estoy vivo, no muerto, tía Hettie".

Se arrodilló ante el niño de la guardería. "Es sólo una expresión, querido. Una expresión que significa que estás super cansado".

Se frotó los ojos y alrededor de un bostezo dijo: "No

estoy cansado".

La tía Hettie envolvió con mantas a Rachel y a Malcolm. "Bueno, mantenga la cama caliente hasta que Casey se suba, ¿vale?". Les dio un beso. "Y reza tus oraciones".

Malcolm asintió. "No tardes, Casey, y no tararees. Siempre tarareas cuando estás enfadada, y ahora estás tarareando".

Casey se calmó. *¡Cielo santo! Tiene razón. Estoy tarareando de nuevo.* "Lo siento, Malcolm".

Se acurrucó en la almohada del sofá, con los ojos cerrados. "No pasa nada, pero deja de balancearte también".

Endureció los músculos para detenerse a mitad de camino. *Maldita sea. Soy un desastre.*

La tía Hettie puso una pila de toallas y paños desparejados sobre la encimera. "Utiliza lo que necesites, cariño. Siento que el lugar sea tan pequeño".

"Es maravilloso, tía Hettie. Gracias por permitirnos quedarnos esta noche".

La cara de la tía Hettie adoptó un aspecto pellizcado, como si se hubiera tragado una lima entera. Se desplomó en la única silla de la cocina que había junto a la encimera y susurró: "No puedo dejar que vuelvan a casa, Casey. No hasta que tu madre reciba la ayuda que necesita".

Los ojos de Casey se cerraron. *Pero no podemos quedarnos aquí mucho tiempo.* "Llamaré mañana por la mañana para ver si Tim puede llevarme a recoger mi carro y algunas cosas para que los niños estén más cómodos".

"Sólo si Tim te acompaña, o si me esperas. Cariño,

tu madre necesita ayuda. Nunca imaginé que les haría daño a ti y a Rachel". Su voz se apagó y las lágrimas se deslizaron por sus ojos para ocupar el lugar de todo lo que quería decir.

Casey se oyó tararear y se detuvo.

La cabeza de la tía Hettie colgaba y su voz salía de detrás de los puños cerrados. "Rachel no quiso decir a los médicos lo que había pasado. Dijo que se había caído. Que se había hecho daño". Miró entre las muñecas. "Apuesto a que tú tampoco dijiste nada". Se pasó las manos por el pelo canoso. "Protegiendo a tu madre, aunque debería protegerte a ti". Sacudió la cabeza. "Duerme un poco, preciosa. Mañana trabajo en el turno de la mañana, pero no olvides lo que te he dicho. No vayas allí sin Tim o sin mí, y no te lleves a los niños. ¿Lo prometes?".

Casey colocó las toallas en una torre ordenada. "De acuerdo".

"Te quiero, Casey".

Casey asintió. "Yo también te quiero".

Después de que la tía Hettie se acomodara en su cama, Casey se metió al lado de Malcolm, con cuidado con los cambios de peso. *No quiero despertarlos.*

El sueño se apoderó de ella como un edredón, pero antes de que se quedara dormida, alguien llamó a la puerta principal. Tres golpes fuertes. *¿Quién sería a estas horas de la noche?* Se acercó de puntillas a la puerta y a su mirilla. No había nadie en el felpudo de bienvenida.

Volvió a su cama improvisada, pero de nuevo, justo cuando se quedó dormida, otro trío de golpes la molestó. Nadie en el felpudo de bienvenida. El reloj marcaba las 3:36 cuando se acurrucó por tercera vez esa noche, pero como antes, tres fuertes golpes en la puerta la molestaron. De nuevo, cuando se asomó, no vio a nadie.

Cuando volvió a tropezar con la cama, donde Malcolm la manoseaba, frenético en una pesadilla, lo calmó hasta que su respiración se calmó.

Se sumió en un sueño incómodo. Los rostros se desdibujaban como imágenes en las ventanas mojadas por la lluvia. Una música inquietante se entrelazaba con susurros indescifrables. Se despertó sobresaltada, helada, segura de que alguien la había llamado. Su corazón latía con fuerza, pero los únicos sonidos eran los de la calle y el tic-tac de la nevera de la tía Hettie.

Tengo que dormir un poco. Intentó acurrucarse en el borde del sofá-cama, pero el marco metálico la mordió a través del delgado colchón y los niños revolcaban. *No quiero despertarlos.* Con cuidado, sacó un cojín del sofá de debajo de Malcolm y se acurrucó en el suelo. Incluso a través del cojín, oyó crujidos en el piso de abajo. *Supongo que el vecino de abajo está inquieto.* Unos dolores sordos en todo el cuerpo y, sobre todo, un martilleo en la cabeza la mantenían despierta.

Cogió su teléfono. *Seguro que se duerme con una notificación de texto.* "Gracias de nuevo por la ayuda de hoy. Realmente eres mi Superman". *De alguna manera, el mero hecho de saber que Tim leerá eso me hace sentir mejor.*

Se cubrió de pensamientos sobre sus abrazos y besos hasta que dejó de temblar. Sin embargo, el sueño seguía eludiéndola y, cuando por fin se quedó dormida, la despertaron los ruidos silenciosos de la tía Hettie en la cocina. El café se preparó, aromático y ruidoso, y Casey se levantó para unirse a la tía Hettie y tomar una taza.

El pelo revuelto de la tía Hettie y sus ojos inyectados en sangre lo decían todo. *La tía Hettie tampoco debía de haber dormido bien.*

La tía Hettie dio un largo sorbo a su café. "Sé que esto no funcionará durante mucho tiempo, pero hoy buscaré un apartamento más grande. Ustedes tendrán un hogar seguro. No se preocupen".

"Tía Hettie", Casey comprobó que su susurro no molestaba a Rachel ni a Malcolm. "Estaba buscando un dormitorio. ¿Prefieres que me quede por aquí? Ya sabes, para ayudar".

La tía Hettie se frotó la sien y cerró los ojos. "No es necesario. Puedo encontrar un lugar más grande. Uno más cerca de la escuela, quizá, para que los niños puedan ir andando". Apoyó la mejilla en la taza de café caliente. "Deberías conseguir un lugar en el campus. Llevo diciéndolo desde el semestre pasado".

Casey se sintió un poco mareada. *Necesito saberlo, pero no quiero preguntar.* Dejó que otro sorbo de cafeína amarga le calentara la garganta. "¿Qué pasó, tía Hettie? Lo de ayer. ¿Qué pasó con Rachel?".

"Tu madre la golpeó. Con fuerza. No es por insistir, pero hasta que tu madre se recupere, necesitan un lugar seguro".

La cabeza de Casey palpitaba donde había impactado la silla. *No creía que se pusiera violenta con nosotros.* Los niños se acercaron en el sofá-cama, abrazados unos a otros. *O al menos no con ellos.* "Te lo agradecemos, tía Hettie. Hablaré con la escuela. A ver si pueden mantener el dormitorio. Al menos hasta que encuentres un apartamento más grande".

"No". El agarre de dedos finos de la tía Hettie rodeó

el de Casey, apretándolos en la cálida cerámica. "Consigue tu dormitorio en el campus. Sinceramente, será una persona menos a la que tratar de meter en un espacio reducido. Y si te necesitamos, podemos llamar. ¿De acuerdo?".

Como si fuera una señal, el teléfono de Casey emitió un mensaje de texto. Tim. "Sabes que, si alguna vez me necesitas, soy tu hombre".

Mi hombre. Apoyó el teléfono contra su pecho un momento con una sonrisa reservada. *Es mío.*

Otro tintineo. Otro mensaje. "¿Necesitas que te lleven a tu casa? Puedo estar allí en quince minutos".

Es muy atento. "Por favor, pero que sea en media hora". Envió la dirección.

"Vale." Enviado con un emoji de corazón. Ella pasó el dedo por sus bordes.

"Gracias". El dedo de Casey se posó sobre el botón del corazón. Con una rápida pulsación, envió uno.

CAPÍTULO CATORCE:
VOLVER PARA ENFRENTARSE A LA BESTIA

Después de asegurar a la tía Hettie que estaría a salvo cuando se apresurara a ir a casa a recoger la ropa y las cosas necesarias para los niños, Casey se puso una parka y bajó a toda prisa para encontrarse con Tim.

"¡Hola, preciosa!" La abrazó con fuerza y la besó. "Todavía tienes el pelo húmedo. Vas a coger frío. Date prisa. Subamos al carro. Tengo la calefacción encendida".

Se sonrojó. "He apurado el secado".

Él le sujetó la puerta del carro. "No tenías que apresurarte, tonta".

"Pero sí. Tengo que volver antes de que la tía Hettie se vaya a trabajar. Y tengo que recoger las cosas de los niños para el colegio".

Tim puso el carro en marcha, con la mandíbula trabajando como si retuviera los pensamientos. Viajaron con la emisora de música clásica como compañía durante varias manzanas antes de que se aclarara la garganta. "¿Cómo se siente tu linda cabeza?".

Ella se encogió de hombros. "Me duele un poco".

Él le cogió la mano. "No quiero ser grosero, pero ¿es seguro para ti? Quiero decir", apretó el volante con la mano izquierda hasta que se le blanquearon los nudillos, "que yo entraré. Puedo conseguir lo que necesites. Sólo dime dónde conseguirlo". Tragó saliva. "No quiero que te vuelvas a hacer daño, Case".

La cabeza le palpitaba. "Debería estar bien. Pero gracias".

Cuando llegaron a la casa, la amenaza parecía asomar por detrás de las cortinas. *No volvería a pegarme. Al menos no con un testigo.* "¿Quieres conocer a mi loca madre? Seguramente querrá impresionarte. Le gustan los hombres guapos".

Su expresión se volvió pensativa. "¿Quieres que la distraiga mientras consigues lo que necesitas?".

"Exactamente". Ella se inclinó sobre la palanca de cambios y le besó. "Eres muy inteligente".

Él le cogió la cara antes de que se retirara a su asiento y la besó hasta que sus rodillas se sintieron débiles. Apoyó la frente en la de ella, con las manos calientes contra sus mejillas, los dedos jugando con su pelo. "Te quiero".

Ella le besó la nariz. "Yo también te quiero". Con reticencia, se volvió para enfrentarse a la bestia. *En realidad, no era una bestia, ¿verdad? Sólo una madre perturbada.* Se le revolvió el estómago. *Y mi propio miedo.*

Cuando la puerta del carro se cerró, algo llamó la atención de Casey, un sutil movimiento desde su dormitorio.

Me pregunto si estará ahí arriba, fisgoneando. No es que tenga mucho que husmear.

Tim cogió el brazo de Casey y lo pasó por el pliegue del suyo. Le dio una palmadita en la mano. "Ya tenemos esto". Mostró una sonrisa atractiva, una que seguramente conquistaría a cualquier chica, o a cualquier madre loca. El corazón de Casey dio un divertido golpe.

La puerta chirrió cuando entraron. Pisotearon la aguanieve de sus botas en la alfombra de la cocina antes de recorrerla.

"¿Mamá?". La voz de Casey temblaba.

Una voz débil sonó desde la oscura sala de estar. "Estoy aquí". Las cortinas corridas aumentaban la penumbra. Mamá estaba despatarrada sobre los cojines del sofá, como un cuadro griego, con el brazo regordete cubierto artísticamente por los ojos. Su rica bata de terciopelo se encharcaba en los tobillos. El esmalte de uñas desconchado y la suciedad de los platos y las bolsas de patatas fritas desechadas no cambiaban la impresión de realismo. "Casey, querida", se levantó sobre un codo. Su bata se abrió, revelando unas piernas largas y gruesas. "¿A quién has traído a verme?".

Esto está saliendo tal y como pensaba. "Mamá, éste es Tim, mi novio". Casey echó una mirada de reojo a través de un velo de su pelo para comprobar la reacción de Tim.

Él sonrió, tranquilo y sosegado, y le tendió la mano. "Encantado de conocerla, señora Adams. Has criado a una mujer increíble".

La mandíbula de Mamá se tensó, pero esbozó una sonrisa. "Encantada". Dejó la mano flácida, como si esperara que él se inclinara y le besara el anillo.

Para su aparente disgusto, la estrechó.

Mamá palmeó el cojín del sofá a su lado. "Háblame de ti, Tim".

Casey captó una rápida sonrisa tirando de la boca de Tim.

"Mamá, voy a subir a mi habitación un momento. Vuelvo enseguida, ¿vale?".

Mamá hizo un gesto de despedida mientras metía los pies debajo de sí misma para estudiar el perfil cincelado de Tim.

Casey subió las escaleras de dos en dos. Primero, la habitación de Rachel. Recogió ropa, libros de texto, una almohada extra... cualquier cosa que pudiera meter en la bolsa de viaje. Incluyó juguetes para Malcolm cuando preparó su maleta.

Algo se agitó en el pasillo cuando metió los últimos libros de texto en la mochila. Casey se asomó al marco de la puerta, pero no vio nada extraño. Un escalofrío recorrió su columna vertebral. *Será mejor que se dé prisa, por si acaso.* Bajó las bolsas por la escalera trasera y salió por la puerta de atrás para cargarlas en el carro de Tim. Cuando se giró para volver a la casa y rescatar a Tim, algo se movió detrás de las cortinas. La rápida visión de un rostro pálido desapareció antes de que Casey pudiera identificar a su dueño. *Pero era demasiado pequeño para ser Mamá o Tim. Papá no está en casa. ¿Qué...?*

Casey se mordió el interior de la mejilla, indecisa. *¿Debo rescatar a Tim o ver quién demonios está en mi habitación?* Una brisa fría le revolvió el pelo y sus escalofríos se intensificaron. *Tim estará bien durante unos minutos.* Subió sigilosamente la escalera trasera para sorprender al intruso.

El aire estaba helado. *¿Alguien ha abierto una*

ventana o Mamá ha vuelto a jugar con el termostato? Casey se abrazó a sí misma para entrar en calor mientras se dirigía de puntillas a su habitación. *No hay ventanas abiertas. No hay extraños. Nada fuera de lugar.* Se dirigió al pasillo, en silencio y con lentitud.

Algo pasó de refilón, el mínimo atisbo de una mujer pálida vestida de blanco.

Casey se escabulló detrás de su puerta, sobresaltada. Su corazón martilleaba. *No eran ni Mamá ni Tim. ¿Quién está en mi casa?*

Respirando profundamente, Casey se armó de valor y salió corriendo al pasillo para enfrentarse a la desconocida. "¿Quién está ahí?"., gritó como una centinela en un castillo viejo. Su aliento se agitó ante su cara, pero nadie respondió. El pasillo vacío la heló. Forzó sus rodillas temblorosas hacia la puerta cerrada del baño. "Muéstrate. O llamaré a la policía".

Tim llamó desde el pie de la escalera, con la preocupación patente en su rostro. "Casey, ¿estás bien?".

Casey se inclinó sobre la barandilla y susurró: "¡Tim, hay alguien aquí arriba! Creo que se ha escondido en el baño". Señaló con el dedo.

En un instante, Tim llegó a su lado. Le pasó unas manos cálidas por los hombros y le susurró: "¿Crees que es un intruso?".

Casey asintió, fortalecida por su presencia.

"Quédate aquí. Voy a comprobarlo".

Casey se erizó. "No, ya voy".

Tim cerró los ojos como si invocara la paciencia. "Eres una testaruda. Lo sabes, ¿verdad?".

Casey asintió.

Se arrastraron hasta la puerta. Tim puso una mano

en el pomo y levantó tres dedos, luego dos, y de un tirón abrió la puerta.

El camisón blanco de Casey, uno tan parecido al que su amigo Ryan le había pintado y que nunca se había puesto desde entonces, revoloteó desde la cabeza hasta el suelo de baldosas. Apartaron la cortina de la ducha y abrieron la puerta del armario de la ropa blanca. Nadie acechaba en los rincones. Nadie saltó hacia ellos. Sólo el camisón permanecía fuera de su sitio.

Casey lo recuperó, con las manos entumecidas por la fría franela. "¿De dónde se ha caído esto?". Su nariz se arrugó. "¡Asco, apesta!" *Ya había olido esto antes. Como a podredumbre o a putrefacción. ¿Cuándo? ¿Dónde?*

Casey lo apartó de ella y lo dejó caer en el cesto de la ropa sucia.

Tim se frotó la nariz y se volvió para comprobar el pasillo y las habitaciones. "No veo a nadie, Casey. ¿Estás segura de que había una persona, y no algo que colgaba de, tal vez, la barra de la cortina de la ducha que engañó a tu ojo?".

Casey negó con la cabeza. "No, vi a una mujer en el pasillo. Pasó de largo. Estoy segura". *O al menos creo que estoy segura.*

Tim le cogió las manos. "Dios, estás helada". Le besó las yemas de los dedos y le frotó suavemente las manos. Bajó la voz. "¿Podría haber sido una visión? Ya sabes, como en el hospital".

"No, esto fue diferente". No era sólo la cercanía de Tim lo que la calentaba. La temperatura había vuelto a la normalidad. *Creo que quienquiera que fuera, se fue.* Puso una mano sobre la de él. "Tengo lo que necesitamos en el carro. Vámonos de aquí. Ya me he divertido bastante en casa por un tiempo".

Como si fuera una señal, su madre dijo con voz cantarina: "¿No estarán haciendo travesuras, ¿verdad?".

"No, Mamá". Casey se apartó de Tim. "Caramba". Cogió un libro de la estantería, cerró las puertas del dormitorio y suspiró. "Vamos".

"De acuerdo, pero para que lo sepas", le susurró al oído, "no me opongo a hacer un poco de travesuras contigo". Su cálido aliento le hizo cosquillas.

Casey se apartó. "Para. Se va a escuchar". Mientras bajaban las escaleras, Casey se estremeció, pero no de frío ni de miedo. *Un poco de travesuras podría estar bien con Tim.* El calor subió a sus mejillas, así que se echó el pelo hacia delante e inclinó la cabeza hacia abajo. "Nos vemos, Mamá. Tim y yo nos vamos a la escuela".

Se llevó una mano al pecho, con las yemas de los dedos apoyadas delicadamente en la clavícula, y utilizó una voz de niña. "¿Escuela? Creía que te habías graduado, Casey. El año pasado".

Casey suspiró. *Siempre la misma cantinela.* "La universidad, Mamá. ¿Te acuerdas?".

"¿La universidad?". Ella parpadeó, incrédula. "¿De verdad?". Volvió la mirada y se acercó a Tim. Recorrió con sus uñas cuidadas el brazo de Tim. "Así que eres un universitario, ¿no?".

Tim se acercó a Casey y le pasó un brazo por los hombros. "Sí, señora. El viejo Nor'Eastern, igual que Casey". Dio un apretón en el hombro de Casey. "Bueno, ha sido un placer conocerte". Señaló con la cabeza a la señora Adams. "Por favor, dale recuerdos al Sr. Adams".

Mamá ladeó la cabeza, tímida como una estrella de telenovela. "Asegúrate de venir a visitarme cuando quieras. ¿Me oyes?".

Tim asintió y apretó un poco más los hombros de Casey. "Gracias, señora. Bueno, que tengas un buen día".

Tim casi cerró el abrigo de Casey en la puerta del carro en su prisa por marcharse.

CAPÍTULO QUINCE:
NINGÚN LUGAR DONDE ESCONDERSE

Una vez que llegaron a la autopista, Tim soltó una bocanada de aire. "Eso fue, interesante".

Casey se retorció las manos. *Ahora romperá conmigo. Ha conocido a la loca de mi madre y yo estaba viendo cosas.* Echó un vistazo a su apuesto perfil. Su mirada se detuvo en sus labios carnosos. *Seguro que también piensa que estoy loca.* Se balanceó hacia delante y hacia atrás hasta que el cinturón de seguridad se tensó. *Quizá estoy loca.* Se lamió los labios, recordando el último beso de Tim. *No quiero que rompa conmigo.*

La urgencia que había en su interior estalló en una oleada desesperada. "Lo siento mucho. Ya te he dicho que mi madre está un poco mal. Bueno, más que un poco. Es evidente. De verdad. Pero se escapó de la institución. No pudieron retenerla, supongo, y ahora no toma la medicina porque dice que no le gusta cómo la hace sentir. No me puedo creer que estaba coqueteando contigo así. Quiero decir, ¡yo estaba allí mismo! Por supuesto, eres tan guapo que cualquiera querría ligar contigo. Pero. Ew. ¿Quién quiere que mi madre se le insinúe?". La cara le ardió y se atragantó: "A no ser que te gustara, ya sabes, que se te insinuara". Tragó saliva. "Pero espero que no. Porque eso es espeluznante. Y, además, no quiero que quieras a nadie más".

¿Qué demonios estoy haciendo? ¡Cállate, Casey! El calor se extendió por su cara hasta incluir su cuello. Su cuerpo se tensó contra la sujeción, ansioso por convertirse en un péndulo reconfortante.

Tim apoyó la mano en su rodilla. "Yo no."

Su tacto calmó su corazón acelerado y la tensión se disipó de sus hombros y su estómago. "¿Tú no qué?".

"No quiero a nadie más que a ti. Ni a una supermodelo ni a una actriz famosa. Ni a una animadora, ni siquiera a Miss América".

Su ansiedad se derritió bajo su mirada de ojos oscuros.

Él movió la cabeza, con la mandíbula tensa. "Te deseo, Casey Adams, y espero que no pienses que soy un tonto por decírtelo. Necesito que lo entiendas". Su sonrisa suavizó los planos rugosos de su rostro. "Me haces pensar en la eternidad de una forma totalmente nueva". Su mirada se intensificó. "No puedo imaginar mi vida sin ti".

Casey tragó saliva contra el nudo que tenía en la garganta. Su voz se hinchó, aliviada. "¿No crees que estoy loca?".

Él se rió. "Bueno, quizá un poco. Pero me gusta tu tipo de locura". Le apretó la rodilla.

Las lágrimas brotaron. "Siento que mi vida sea tan complicada". El cinturón de seguridad la sujetaba contra el asiento, cerrado y abrasivo.

"No es culpa tuya. Tienes un montón de cosas con

las que lidiar y, para ser sincero, no puedo pensar en nadie más lo suficientemente fuerte como para soportar todo lo que soportas. Eres increíble".

Tim se detuvo en un lugar frente a la casa de la tía Hettie y aparcó el carro. Se volvió hacia ella. "Casey, te quiero".

Casey pulsó el cierre del cinturón de seguridad y saltó para echarse en sus brazos. "¡Yo también te quiero, Tim!"

Sus besos crecieron en pasión. Las manos de él buscaron el cobijo bajo la blusa de ella, y ella jadeó y se apartó. *¡Demasiado!* Cuando se separó de su abrazo, golpeó la corneta del carro. Hizo sonar una proclama impetuosa.

Tim, con el color en las mejillas, se rió. "Supongo que ahora saben que estamos aquí". Sus ojos se detuvieron en su abrigo sin cremallera y su blusa torcida. "Supongo que deberíamos entrar". Sus fosas nasales se encendieron y el ascenso y descenso de su pecho se ralentizó mientras recogía las maletas.

Casey se esforzó por calmar su respiración mientras se ajustaba la ropa. Donde su mano tocaba le dolía el recuerdo.

Antes de que llamaran a la puerta de la tía Hettie, Casey se aclaró la garganta. "Tim". No pudo establecer contacto visual. A pesar del frío, la piel le ardía. "Lo siento. Quiero, ya sabes..."

Él le cogió la barbilla y la obligó a mirar su intensa mirada. "Cuando estés preparada, será como los fuegos artificiales". Le besó la frente: "Una hermosa", su mejilla: "perfecta", su otra mejilla: "increíble", sus labios se quedaron a un suspiro de los de ella. "conflagración".

Sus abrazos se sostenían mutuamente, pilares caídos en una nueva y precaria configuración, hasta que la puerta de la tía Hettie se abrió sin previo aviso.

Rachel sonrió. Los moratones alrededor de sus ojos no disminuyeron la impiedad de la expresión. "Bienvenidos, tortolitos".

"Deja de acosarlos, Rachel". Con una sonrisa cómplice, la tía Hettie tiró de Rachel hacia dentro. Cogió una maleta. "Deja que coja eso". Metió la maleta dentro y la colocó en el sofá cama cerrado. "Ustedes dos, vístanse para ir al colegio. No puedo hacer que lleguen tarde o sus maestros se enfadarán si llegan tarde. Así que, por favor, apúrense".

Malcolm entraba en el baño para cambiarse. Rachel reclamó la habitación de la tía Hettie, y ambos se apresuraron a estar listos.

Casey les colocó las bolsas de libros y la tía Hettie les preparó los almuerzos.

La tía Hettie puso un gorro de punto sobre las orejas de Malcolm. "Así que, Malcolm, he aquí una nueva frase para ti. Nos vamos a las carreras". Le dio una palmada en el trasero con una risita cariñosa. "Ahora vete al carro. Sube la cremallera, ¿quieres? Todavía no es verano".

¿"A las carreras?". repitió Malcolm mientras caminaba con Rachel hacia el carro de la tía Hettie.

"Sinceramente, Malcolm", resopló Rachel con irritabilidad preadolescente.

La tía Hettie cerró la puerta y sonrió tras ellos. "Los tres son muy buenos chicos". Le dio un picotazo a Casey en la mejilla y le dio un rápido abrazo a Tim. "No sé. Tú también podrías ser un buen chico. ¿Qué opinas, Casey? ¿Es Tim un buen chico?".

Casey sonrió. "Por supuesto".

"Pues entonces, si Casey ha dicho que es así, entonces es así". Se despidió con la mano y corrió hacia su carro. "Que tengan un buen día. Ah, y Casey, avísame de cómo funciona el alojamiento". Se detuvo ante la puerta del conductor. Las llaves tintinearon en su mano. "¿Crees que puedes mudarte hoy? Si es así, sería ideal".

Casey se esforzó por interpretar el significado de las palabras de la tía Hettie. A veces no podía entender las sutilezas. Con la tía Hettie, Casey se decidió por la frivolidad. "¿Intentas librarte de mí?".

La tía Hettie se rió. "Por supuesto que no. Apuesto a que estarás más cómoda en un dormitorio, eso es todo. No creo que hayas dormido mucho en mi sofá anoche, sobre todo porque te encontré en el suelo por la mañana". Volvió a saludar, subió al carro y se alejó.

"¿Vamos?". Tim abrió la puerta del lado del pasajero como si fuera un lacayo y ella Cenicienta entrando en un carruaje de camino a un baile. Entró y se preguntó cómo sería bailar con Tim. Su cuerpo cercano, cálido y fuerte, guiándola por el parqué.

Antes de que él tomara asiento en el lado del conductor, el rubor de ella ardía.

CAPÍTULO DIECISÉIS:
UN LUGAR PARA CORRER

""Srta. Adams, me complace informarle de la disponibilidad de un subsidio de alojamiento. Puedes mudarte cuando estés preparada. Tu compañera de cuarto, la Sra. Deirdre Lowry, ya está instalada en la habitación y espera tu llegada". El señor Kean extendió la mano.

La cabeza de Casey dio vueltas. Nunca nada le había resultado tan fácil. "Muchas gracias". Inclinó la cabeza y agarró su bolsa de viaje rellena con ambas manos, deseosa de ignorar su apretón de manos y se apresuró a dirigirse a su nuevo hogar en el Dormitorio Femenino Oeste.

Al salir de la puerta, se detuvo. *¿Toco a la puerta? Se supone que ahora también es mi habitación.*

Alguien se aclaró la garganta detrás de ella. "¿Vas a entrar o qué? Merodear así por el pasillo parece algo estúpido".

Casey se giró para encontrar a Deirdre Lowry detrás de ella. "Hola, Deirdre. No sabía si debía llamar a la puerta".

Deirdre sacudió la cabeza y pasó junto a Casey

para abrir la puerta y entrar. Se tumbó en la cama hecha, boca arriba, con los brazos abiertos. Su voz, amortiguada por la almohada, sonaba ronca. "Esa es tu cama, por supuesto. La nevera es mía, pero si quieres usarla, puedes hacerlo. Pero no ocupes todo el espacio ni te comas mi comida".

"Me parece justo". Casey dejó sus escasas pertenencias sobre el colchón y se dejó caer a su lado. *Supongo que necesito una sábana y un edredón. Y una almohada.*

Deirdre permaneció tumbada y se dio la vuelta para quedar boca abajo. Debajo de la cama, la bolsa rosa contenía las pastillas rebuscadas. *Espero poder animarla de algún modo a deshacerse de ellas.*

El silencio se prolongó mientras salía el sol. *Esto se está volviendo incómodo, incluso para mí.* Mientras Casey se mecía, la cama emitía pequeños chirridos.

Estudió el techo, esperando una ayuda para iniciar la conversación. *Me pregunto cómo habrán llegado esas marcas hasta allí.* Acalló la sensación de mareo y forzó las palabras. "Parece que alguien subió por ahí". Señaló hacia arriba. "¿Ves? Huellas".

Deirdre se dio otra vuelta para hasta quedar frente a donde Casey indicaba. "Probablemente alguien tiró su zapato hacia arriba, lo que arañó la pintura".

Casey asintió. "Es una buena idea. Tiene sentido". Casey se imaginó a estudiantes aburridos tirando zapatos. "Apuesto a que molestó a quienquiera que estuviera en la habitación de arriba". Soltó una risita al imaginar el irregular repiqueteo de los zapatos.

Deirdre se sentó y apoyó la mejilla en la almohada para mirar a Casey, con una expresión insondable.

"¿Quieres averiguarlo?".

Casey se quedó con la boca abierta. "¿Qué quieres decir? ¿Tirar nuestros zapatos?".

Deirdre se encogió de hombros. "Sí". Se llevó la pierna al pecho y se quitó la zapatilla. Le dio un empujón. Se elevó hacia el techo y redobló su ritmo al descender. Deirdre la atrapó justo antes de que se estrellara contra su cara. "No hay rozaduras. Quizá dependa del zapato. Prueba con el tuyo".

Casey contempló. *Podría meterme en problemas con quienquiera que esté arriba, pero ésta podría ser una forma de hacer que Deirdre se hiciera amiga.* Se desató el zapato y lanzó. Se quedó corto, y Casey falló la captura. Casey jadeó. "Ahora los de abajo se preguntarán qué pasa".

"Te preocupas demasiado. Inténtalo de nuevo".

Más vale que así sea. Casey lanzó con más fuerza y el zapato rozó el techo. "¡Hay un rasguño!"

"Ahora hemos dejado una marca propia".

Casey asintió.

CAPÍTULO DIECISIETE:
EL TIEMPO CAMBIA

Casey se sentó junto a Jaimie en la clase de psicología del doctor Bridges.

Jaimie se acercó y abrazó a su amiga. "¿Ahora eres vecina?".

Casey asintió. "¿Se ha instalado tu compañera de cuarto?".

"Sí". El movimiento de cabeza de Jaimie hizo que un revuelo de rizos cayera sobre sus delgados hombros. "Está muy bien. Ha quedado con nosotras después de clase para tomar un café, ¿vale?".

"Ah..."

El carraspeo de la Dra. Bridges puso fin a su conversación y comenzó la clase, pero Casey no podía concentrarse.

El café después de psicología es lo nuestro, de Jaimie y mío. ¿Por qué viene Amber?

El doctor Bridges cerró su cuaderno con un golpe de despedida.

Casey se sentó erguida, sorprendida en su estado de alerta. *¡Vaya, me he perdido toda la clase!*

Jaimie se llenó la mochila con su habitual rapidez y

casi salió corriendo de la sala de conferencias antes de que Casey recogiera sus cosas.

"¡Eh, espera!" Desacostumbrada a gritar, la voz de Casey no llegó más allá de su pupitre. Casey colocó sus libros en su sitio y cerró la cremallera de la mochila, con el corazón palpitando. *¡Todo es un desastre! Espero que mis papeles no estén arrugados.* Luchó contra el impulso de comprobar el estado de su mochila cuando la ligera figura de Jaimie desapareció entre la masa de estudiantes de psicología. *¿Por qué tiene Jaimie tanta prisa?*

Ignoró una molesta puntada en el costado para alcanzar a su amiga.

Jaimie sonrió. "¿Dónde estabas? Creía que estabas detrás de mí".

Casey tragó saliva. "¿A qué viene tanta prisa?".

"La clase de Amber está más cerca de la cafetería, y no quería que esperara. Ya sabes, me preocupaba que la dejaran plantada o algo así".

Casey calmó su ritmo cardíaco. *Entra por la nariz, sale por la boca. Me alegro de no tener asma o algo así. Correr así lo agravaría, seguro.*

La cafetería bullía de energía cálida.

Jaimie extendió los brazos para abrazar a su nueva compañera de cuarto. "¡Aquí estás! Espero que no hayas esperado mucho".

Amber brilló con la atención. "No mucho. He cogido una mesa y algunas bebidas". Señaló una mesa circular elevada con dos sillas altas con marco de alambre y dos tazas humeantes.

"La mirada de Jaimie se dirigió a Casey, y un rojo intenso tiñó sus mejillas. Su voz pasó de la frenética excitación del saludo a un alto acobardado. "Es un

detalle, Amber, pero necesitamos una mesa para tres".
Jaimie pasó su delgado brazo por el de Casey.
"Recuerda que te dije que habíamos quedado con mi
mejor amiga aquí".

El rubor de Amber rivalizó con el de Jaimie. "Oh, lo
siento", tartamudeó. "Lo he entendido mal".

Casey dio unas palmaditas en la mano de Jaimie y
se zafó. "No pasa nada. Voy a por una taza".

Casey se unió a la cola de aspirantes a la cafeína
mientras Jaimie y Amber se subían a los asientos
elevados. Juntaron sus cabezas, conspiradoras
inconscientes o despreocupadas por los sentimientos
de ostracismo de Casey. Los estudiantes ocupaban
todas las demás mesas del Brew Two, y no había sillas
adicionales en el lugar.

Cuando llegó al mostrador, Casey tanteó con su
cartera.

La sonrisa del acosado camarero se tambaleó.
"Debe ser lunes, ¿eh?". Rozó la parte delantera de su
delantal verde y sacó pecho. En la etiqueta con su
nombre se leía Simón. "¿Quieres lo de siempre?".

Sorprendida, Casey asintió. "Eh, claro". *¿Lo de
siempre? ¿Siempre me dan las mismas bebidas?* pensó
*ella. Aparte de la especie de calabaza en otoño,
supongo que sí.*

"¡Genial! Un café con leche de vainilla y caramelo
mediano en camino". Simon tecleó el pedido en la caja
registradora.

*Supongo que no soy un comensal muy aventurero. O
bebedor.* Hizo la cuenta y le entregó el pago. *Aun así,
¿por qué conocía mi bebida?*

Con un sobresalto, se dio cuenta de que no le había
preguntado su nombre. "Por cierto, por favor, ponlo a

nombre de Casey".

Simon inclinó la cabeza y la consideró desde detrás de su mata de pelo brillante. Se rió. "Ya lo sé. Casey Adams". Echó un vistazo a la multitud. "¿Dónde está tu amiga? Jaimie, ¿verdad?".

Su mirada recorrió sus rasgos. *Sí, creo que suele estar aquí cuando Jaimie y yo venimos a tomar café.* Inclinó la cabeza hacia Jaimie y Amber.

Su sonrisa al entregarle el cambio borró parte de la tensión y el cansancio de su joven rostro. "Gracias por su continuo patrocinio".

Casey se obligó a encontrar su mirada. "Gracias".

"De nada".

Casey estudió el borde del mostrador mientras se acercaba a la zona de recogida. *¿Por qué Simon se acuerda de mí y de mi bebida, pero mi mejor amiga parece haberme olvidado?*

Como si hubiera escuchado los pensamientos de Casey, Jaimie se volvió y la saludó.

Casey agachó la cabeza. *Debería avergonzarme. Amber parece una buena chica, y yo debería alegrarme por Jaimie, no estar celosa.*

La camarera de la preparación la llamó por su nombre y Casey recuperó su bebida. Su aroma picante se extendió mientras se abría paso con cautela entre la multitud. *No suele haber tanta gente aquí.*

Jaimie y Amber saltaron de las sillas elevadas cuando ella llegó a ellas.

Jaimie apoyó una mano en la espalda de Casey. "Vamos a caminar. ¿Qué te parece, amiga? Hoy hay demasiada gente aquí".

Casey sonrió con gratitud. Siguió la estela de Jamie. En el exterior, un asalto de aire frío los bañó.

Casey apretó el agarre alrededor del calor de su taza de café.

"Casey, Mimi me ha dicho que estás en mi antiguo dormitorio. ¿Qué tal te va?".

Casey arrugó la frente. "¿Mimi?".

Jaimie bailó en un pequeño círculo. "Es el apodo que me puso Amber. Bonito, ¿eh?". Saltó hacia una papelera. Su taza de café hizo un ruido sordo cuando la depositó. Inclinó la cabeza hacia el cielo y cerró los ojos. "Se siente tan diferente de lo que siempre he sido. Es un buen cambio de la rutina".

Casey se encogió de hombros. "Si te gusta".

La taza vacía de Amber siguió a la de Jaimie hasta la papelera. "Mimi te sienta bien. Además, no te gustó que te llamara James".

Casey se sobresaltó. *Por supuesto que no le gustaba que la llamaran por el nombre de su gemelo muerto.*

Jaimie palideció, pero no dio ninguna explicación.

Amber consultó su teléfono. "Escucha, será mejor que nos demos prisa o llegaremos tarde a la clase de Sociología de Magnus. No quiero molestarla. Tiene ese ardiente temperamento francés".

Jaimie y Amber se rieron, con los cuerpos unidos por la risa, mientras entonaban con acento francés: "¡Esto es inaceptable!".

¿Tal vez debería haber pedido a Deirdre que se uniera a nosotras? Diablos, no podría hacerlo, aunque quisiera. No tengo su número de móvil. Ella frunció el ceño ante su teléfono. *¿Qué clase de amiga soy?*

Jaimie rodeó con un brazo la cintura de Amber. "He oído historias, pero es una señora tan agradable. Me cuesta justificar los rumores con mis experiencias". Las mujeres avanzaron por el camino empedrado hacia su aula, riendo como niñas.

Casey se quedó atrás, con un dolor solitario como compañero. *Supongo que tienen Sociología juntas.*

Jaimie se giró para mirarla. "Casey, ¿vienes?".

Casey negó con la cabeza. *¿Seguir como la proverbial tercera rueda? No, gracias.* "Creo que voy a reunirme con Tim".

La boca de Jaimie se aflojó por un momento. Asintió con la cabeza. "De acuerdo. Siento que no hayamos podido hablar tanto como de costumbre". Se acercó para darle un abrazo.

Antes de que se separaran, Casey pensó: *Ya la echo de menos.*

Una brisa fría le revolvió el pelo a Casey y le puso la piel de gallina a lo largo de los brazos. *¿Me está observando alguien?* Una exploración de la zona no reveló a nadie, pero la sensación de inquietud persistía.

Mientras se alejaban a toda prisa, Casey envió un mensaje de texto a Tim. "¡Eh! ¿Qué haces ahora? ¿Tienes tiempo para reunirte conmigo?".

Su respuesta inmediata la hizo sonreír. "¡Sabes que estoy a tu disposición, como siempre, mi dama! ¿Dónde quieres que nos encontremos?".

Casey sugirió un banco entre sus próximas clases y se dirigió hacia allí para esperar.

Otro mensaje de texto tintineante, éste de Jaimie. "¿Cómo está tu cabeza? No quería mencionar nada delante de Amber. Sé que eres una persona reservada. Tim me contó un poco lo que pasó, pero si quieres hablar... Por cierto, podrías presentar cargos contra ella. No tenía derecho, y quizá un poco de tiempo en la cárcel podría enderezarla. Te quiero Bestie".

Las palabras se desdibujaron cuando las lágrimas poblaron los ojos de Casey. Tecleó: "Yo también te quiero, Jaimie".

Se pasó la manga del jersey por los ojos antes de que llegara Tim.

Él le besó la mejilla. "¿Cómo lo haces, Casey?".

"¿Hacer qué?".

"¿Dejarme sin aliento cada vez que te veo?

Ella parpadeó ante sus ojos achocolatados y suspiró. *Tú también me quitas el mío, pero nunca podría admitirlo.*

CAPÍTULO DIECIOCHO:
AVISTAMIENTO

Estuvieron sentados en amable silencio durante un rato, Tim acunando la mano de Casey, ambos consumidos por consideraciones internas, ajenos a la primavera que florecía a su alrededor, hasta que un pájaro se posó en la rodilla de Casey.

Ella jadeó, pero se quedó quieta.

Sus diminutas garras se aferraron a sus vaqueros mientras entonaba un canto. Tan rápido como su aterrizaje, el gorrión desplegó las alas y revoloteó hasta una rama baja del árbol del cangrejo bajo el que estaban sentados. Como recuerdo de la mágica experiencia, Casey encontró una única pluma marrón. Se pasó la pluma por el brazo.

"Incluso se puede encantar a los pájaros de sus nidos". Tim trazó el camino de la pluma.

"Tengo que volver a casa, Tim. He olvidado sábanas y cosas para el dormitorio. Y mi carro".

Tim tragó saliva. "Iré contigo. Otra vez el deber de distracción". Se rió.

"No tienes que distraer, pero me vendría bien que me llevaras. O cogeré un autobús. Creo que estará bien en casa. Entraré y saldré con la brisa". *Brisa, como el frío de arriba, frío como el aliento de la muerte.* Casey se estremeció.

"He estado pensando en lo que has dicho, Casey. No creo que Jaimie intente excluirte. Se mete tanto en las cosas que a veces se olvida de sí misma. Sé que te quiere".

Casey asintió, pero apretó los dientes. "Lo sé". *Necesitaba expresar mis frustraciones y mi confusión, y solía desahogarme con Jaimie.*

Se tiró del cuello de la chaqueta y sus ojos se movieron. "Sin embargo, ella tenía razón. Podrías presentar cargos contra tu madre".

No, no podía. Las palabras se estrangularon en su garganta. "No quiero hacerlo".

Tim le pasó un brazo por los hombros y se acercó a ella. "Siempre te ocupas de todo el mundo menos de ti misma. Cuidas de tu compañera de cuarto, de tus hermanos pequeños, de tu madre, incluso después de que te hiciera daño". Le apretó el hombro. "Ojalá te cuidaras a ti misma la mitad de bien que cuidas a los demás". Le levantó la barbilla hacia su cara. "O que me permitieras cuidar de ti".

Un escalofrío recorrió su columna vertebral, pero no por el contacto de Tim. Casey se apartó de él, segura de que alguien los espiaba. Jadeó y volvió a meterse en el bulto reconfortante de Tim.

Protegida bajo el dosel de un bosquecillo de álamos esqueléticos, la Casey Doble del hospital sonreía, con una boca antinatural y espeluznante, y unos ojos malignos y sin parpadear.

Una bandada de mirlos de alas rojas pasó en picado. Su ruidoso vuelo se arqueó para oscurecer la horrible visión, y cuando los pájaros se posaron en otros árboles cercanos, le Doble de Casey había desaparecido.

Los fuertes brazos de Tim rodearon a Casey. "¿Estás bien? Estás temblando". Le dio un apretón reconfortante. "No sabía que te dieran miedo los pájaros".

"No lo tengo". Casey se encogió de hombros para acercarse al bosquecillo de álamos. Unas tiernas briznas de hierba se levantaban del suelo compacto, finas como los pelos de un cadáver, excepto en el lugar donde se había parado la aparición. En ese lugar, la escarcha brillaba como una catarata.

Tim le tocó el hombro y susurró: "¿Fue una visión?". Se aclaró la garganta y bajó los ojos. "¿Como cuando alguien muere?".

Casey negó con la cabeza. "Era algo totalmente distinto". Le miró a los ojos ensanchados. "¿No has visto nada? ¿Alguien de pie aquí, mirándonos?". El pavor se posó sobre ella como una nube asfixiante. *No la vio.*

Tim escaneó el campus, tenso y alerta. "¿Nos está observando?".

Casey asintió. "Sí, aquí mismo".

"¿Puedes describir a la persona?".

Casey cerró los ojos. "La verdad es que no". *Si lo hago, pensarás que estoy loca.* "Pero la vi antes, en el hospital".

Tim se quedó helado como un perro de caza que sigue un rastro. "¿Crees que te está acechando?".

"No lo sé." *¿Por qué iba a acosarme? ¿Y quién querría parecerse a mí?*

CAPÍTULO DIECINUEVE: INVESTIGACIÓN

Las clases transcurrieron en un borrón de academia exagerada. Las tareas y las redacciones se amontonaban sobre los capítulos de lectura árida. Casey regresó a un dormitorio vacío y depositó sus libros en la cama designada para ella. Deirdre no había vuelto, así que Casey utilizó una hoja de papel rayado para escribir una nota. "He ido a casa a recoger sábanas y una almohada. Vuelve antes del toque de queda". Hizo una pausa, mordiéndose los labios. *Las sutilezas sociales no son mi fuerte.* "Espero que hayas tenido un buen día". Anotó el número de su móvil. "Llama o envía un mensaje si necesitas algo".

En lugar de almorzar en el patio, ella y Tim comieron hamburguesas de camino a recoger su carro. En casa, la madre de Casey roncaba en el sofá. Subió de puntillas las escaleras traseras para recoger sábanas, una almohada y mantas. Metió la ropa en una bolsa de tela y se apresuró a salir.

"¿Lo tienes todo?". Tim robó miradas a la casa, alerta como un perro guardián.

Después de darle un beso de "gracias" a Tim, Casey

se hundió en el asiento de su carro y dejó que la "Fur Elise" de Beethoven borrara la sensación de fatalidad que la acechaba. Fueron en caravana hasta el campus. Una vez allí, sin embargo, ella tuvo que aparcar en el aparcamiento de visitantes, en la parte más alejada del campus, ya que aún no tenía un pase de aparcamiento de residente.

"Mándame un mensaje cuando llegues a tu habitación". Tim saludó con la mano.

Casey disfrutó caminando en el aire fresco y primaveral. Pequeños azafranes púrpuras salpicaban el barro y la nieve persistente junto al camino empedrado, alegres recordatorios de los días más cálidos que se avecinaban. El ritmo de sus pisadas proporcionaba una percusión tranquilizadora y constante para las letras desordenadas de su mente. Su teléfono tintineó.

Un mensaje de la tía Hettie. "No te lo vas a creer. CYF en el apartamento. Dicen que se llevan a los niños".

Casey dejó caer el teléfono. El carro que iba detrás de ella emitió un pitido. Reaccionó demasiado tarde para el semáforo, que pasó de amarillo a rojo. El conductor frustrado del carro que iba detrás de ella levantó los brazos.

CYF. Servicios para Niños y Jóvenes. A Casey se le revolvió el estómago. *¿Se llevan a los niños? ¿Por qué?*

El frustrado conductor hizo sonar la corneta del carro en cuanto el semáforo cambió a verde. Los neumáticos de Casey chirriaron cuando pisó el acelerador con más fuerza de la habitual para adaptarse al impaciente hombre y a su deseo de ir corriendo al apartamento de la tía Hettie.

Una vez allí, la tía Hettie tiró de Casey en un aplastante abrazo. "Gracias a Dios que estás aquí". Sus ojos enrojecidos se hincharon hasta convertirse en rendijas rojizas, y sus lágrimas bañaron su base de maquillaje que goteó sobre el cuello almidonado de su uniforme de camarera.

La voz de Malcolm la llamó. "Casey".

Cayó sobre una rodilla y abrió los brazos. "Ven aquí, tú".

Él corrió a abrazarla, con el rostro pálido de preocupación. Le susurró al oído: "Este tipo malo dijo que tendríamos que ir con él hasta que descubriera quién está mintiendo".

¿Mintiendo? Ella susurró: "¿Quién creen que miente?".

Su pequeño y regordete cuerpo tembló. "O la tía Hettie o", resopló, "Mamá".

¿Mamá?

"Nunca he dicho nada de eso. Ahora, si me disculpas", el hombre delgado ajustó los papeles de su portapapeles. "Si eres Casey Adams, necesito hablar contigo". Miró fijamente a la tía Hettie. "A solas".

La tía Hettie le tendió una mano callosa y en carne viva por el duro trabajo y los productos químicos de limpieza. "Vamos, Malcolm. Te traeré un helado".

"No, no lo harás". El hombre apretó los labios en una línea diminuta y arrugada. "No abandones la propiedad".

Las fosas nasales de Malcolm se encendieron. "Has hecho que mi hermana se vaya de aquí. ¿Cuándo veré a Rachel?". Señaló con un dedo, con la mayor parte de su cuerpo oculto tras las huesudas piernas de la tía Hettie. "Más vale que no le hagas daño. Más vale que ella no tiene miedo".

El hombre del CYF se pellizcó el puente de su angulosa nariz. "Malcolm, ya te he explicado que mi socio y yo estamos aquí para proteger a los niños. Para protegeros a ti y a Rachel. Y quizá a Casey". La barrió con una mirada de ojos pálidos. "Intentamos asegurarnos de que los niños como tú no tengan miedo ni sufran daños. Ese es nuestro trabajo".

Malcolm entrecerró los ojos, desconfiado.

Casey estuvo de acuerdo. "¿Por qué no vas a la habitación de la tía Hettie y juegan una partida de cartas?".

La tía Hettie movió la cabeza. "Es una gran idea. Tengo una baraja de las últimas vacaciones de mi compañero de trabajo. Tienen caballos de mar".

El labio inferior de Malcolm tembló. "Vale, pero quiero que vuelva Rachel". Volvió a señalar, y el temblor abandonó su labio. "Y tampoco asustes a Casey".

El hombre asintió, solemne. "Haré lo que pueda".

Una vez que la tía Hettie y Malcolm estuvieron fuera del alcance de la vista, el hombre le indicó una silla. Dejó el teléfono a su lado y sacó una computadora portátil. "Necesito tomarle declaración, señorita Adams".

Casey se detuvo a mitad de camino. *Deja tu locura. Los niños cuentan contigo.* No pudo levantar los ojos para encontrarse con su penetrante mirada. "¿Qué tipo de declaración?".

Él pulsó un botón de su teléfono. "Estoy grabando". Golpeó el teléfono. "Señorita Adams, ¿por qué estuvo en el hospital recientemente?".

Casey se revolvió. "Me golpeé la cabeza. Me

pusieron unas grapas". Se tocó la coronilla de la cabeza.

"¿Y cómo se golpeó la cabeza?".

"Soy torpe".

"Ya veo". Pasó una página de su portapapeles. "Y tu hermana, Rachel. ¿Por qué estaba en el hospital?".

¿Sospechan de Mamá? "No estoy segura".

"Señorita Adams, tienes diecisiete años, ¿verdad?".

Los pensamientos lentos chocaron en su mente abrumada. *¿Diecisiete años? ¿Tengo diecisiete años? Acabo de graduarme, y con un año de adelanto, así que sí, tengo diecisiete años.* Casey asintió.

"Por favor, contesta en voz alta para la grabación".

Casey se aclaró la garganta. "Sí".

"¿Cumples dieciocho años en julio?".

Volvió a asentir.

"En voz alta, por favor".

Lanzó una mirada a los afilados rasgos de su rostro. La inteligencia y la sospecha residían allí. "Sí, señor". *¿Qué quiere?*

"¿Ustedes, su hermano Malcolm y su hermana Rachel viven aquí con su tía Hettie?".

Casey estudió la alfombra gastada y manchada. Una mancha junto a su pie se parecía al perro negro que conoció en el cementerio el otro día.

"¿Te estoy poniendo nerviosa?".

Casey levantó la cabeza y se obligó a fijar los ojos en el punto del entrecejo del hombre. Se tragó una canción, una que la banda de Tim tocaba cuando aún actuaban. "Unforgiven" de Metallica. *Caramba, ¿estaba tarareando? Asintió con la cabeza. En voz alta, ¿recuerdas?* Su voz sonaba delgada como la niebla primaveral. "Sí, señor. Me pones nerviosa".

Dejó el portapapeles en el suelo y apoyó sus manos de largos dedos encima. "Señorita Adams, lo siento. Ni siquiera me he presentado". Extendió la mano derecha. "Me llamo Daniel Killian. Trabajo en los Servicios Familiares para velar por la protección de los jóvenes de nuestro condado. Aunque ya eres casi adulta, sigues siendo una joven bajo mi jurisdicción". Se inclinó hacia delante, haciendo que sus ojos se nivelaran con la mirada de ella. "Y aunque no lo fueras, necesitaría entrevistarte en nombre de tus hermanos. Hubo un informe sobre las lesiones sufridas por ti y Rachel, y estoy aquí para investigar".

El temor se acumuló en el interior de Casey. "¿Quién presentó la denuncia?".

"Todas las denuncias de Childline son anónimas".

"¿Y qué hay de enfrentarse a tu acusador?".

"Nadie la acusa de nada, señorita Adams. Estamos investigando en tu nombre".

La piel de Casey vibró, y anheló raspar con las uñas la carne que le picaba. Calmó su ritmo respiratorio. *Dentro - uno, dos, tres. Fuera - uno, dos, tres, cuatro, cinco.* "¿Quién es el acusado?".

El hombre se acomodó en su asiento, con las manos aún extendidas sobre los papeles sujetos por una vieja pinza metálica. "No estoy en libertad de decirlo".

Sus dedos aprisionaban la información, aquellos dedos largos y artísticos que atrapaban la información en lugar de liberar canciones en un piano como hacía a veces Tommy, el hermano de Tim. Entre los dígitos, divisó las palabras "Childline", "hospital" y "robado".

"¿Dónde está mi hermana?".

Sus dedos se movieron, dejando entrever otra

palabra. Empezaba por HET.

Tía Hettie.

Como si lo hubieran rociado con agua helada, el frío se instaló en las articulaciones de Casey. "Por favor, dime dónde has llevado a mi hermana".

"Haré un trato contigo. Después de que respondas a mis preguntas, prometo darte toda la información que se me permita. Ahora, ¿te ha hecho daño alguien?".

Su mano se dirigió a su cabeza grapada. La herida palpitaba bajo su palma, como si la sangre zumbara de verdad. Zumbaba. *Me encanta el "Aire en la cuerda G" de JS Bach.*

"¿Señorita Adams?".

Casey volvió al aquí y ahora. *Maldición.*

Se desenredó el dedo del pelo.

También estoy revolviéndome el pelo. Soy todo un espectáculo. Todo lo que me han enseñado a no hacer, lo estoy haciendo. Miró de reojo al entrevistador. "Perdón. ¿Cuál era la pregunta?".

Se acercó, pero no llegó a tocar a Casey. "Estoy aquí para ayudar".

Ella asintió. *Seguro que sí.*

No parpadeó, y Casey se retorció bajo su escrutinio. "Señorita Adams, ¿trabaja usted?".

Casey asintió.

"¿Dónde?".

"En la biblioteca. A tiempo parcial".

"¿Alguna vez alguien de allí te ha incomodado con un toque físico?".

Ella arrugó las cejas y la comisura de sus labios se crispó. Trabajaba con bibliófilos tranquilos, pulcros y silenciosos. Ni un solo combatiente entre todos ellos.

"No, señor".

"Eso está bien". Hizo una nota en su papel. "¿Y tu novio? He oído que tienes uno. ¿Temes que pueda hacerte daño? ¿O a alguien más?".

Tim, un Tim sólido, protector y gentil, con los ojos más amables. Ella soltó una risita. "No".

"¿Tu padre te ha puesto las manos encima alguna vez?".

Casey se estremeció, su respiración era más rápida que su ritmo cardíaco. "No. No haría daño a nadie". *¿Acaso este entrevistador parpadea alguna vez?*

"Casey, ¿tu tía Hettie te ha hecho daño alguna vez a ti o a tu hermano o hermana?".

Casey frunció el ceño. Escupió la palabra con vehemencia. "Nunca".

"¿Por qué vives en este pequeño apartamento?".

Los ojos de ella se alejaron de su inquebrantable consideración. Su voz se suavizó con su mentira. "Pensamos que una fiesta de pijamas sería divertida".

Golpeó un bolígrafo en la pizarra y miró alrededor de las estrechas habitaciones. "¿Así que vuestra visita era sólo para pasar la noche?".

"Ah..."

Malcolm salió del dormitorio, con las lágrimas cayendo por sus mejillas enrojecidas. "¡Ya basta, señor! Estás molestando a mi hermana".

La persecución de la tía Hettie terminó antes de entrar en la habitación. "Lo siento. Se me ha escapado. Malcolm, ven conmigo, cariño, hasta que el señor Killian termine de hablar con Casey".

El señor Killian hizo un gesto con la mano. "Está bien. Puede quedarse". Se pellizcó el labio e inclinó la barbilla como si quisiera señalar que la tía Hettie no podía.

Ella captó la indirecta. "Estoy aquí si me necesitas". La puerta de su habitación se cerró con un clic tras ella.

Casey volvió a desenredar el dedo de su pelo. "Malcolm, estoy bien. Mírame".

Su pecho se agitó y su cuerpo se estremeció, pero se derritió en sus brazos y enterró la cara en su regazo.

Lloriqueó. "Ella no lo decía en serio. Nos quiere".

El investigador bajó la voz hasta convertirla en un rumor tranquilo. "¿Quién no quería, Malcolm? ¿Quién hizo daño a tus hermanas?".

Malcolm susurró en los vaqueros de Casey la verdad, pero la palabra no traspasó las fibras y no quiso repetirla.

Tampoco podía Casey atreverse a incriminar a su madre, a pesar del dolor que le causaba. *Además, ¿cómo se sentiría mi padre de humillado? Era mejor mantener mis pensamientos en privado.*

Tras otra media hora de no respuestas, el señor Killian se frotó los ojos con aparente resignación. "Bueno, como todo parece estar en orden, los llevaré a casa".

Malcolm se congeló en el regazo de Casey.

Casey contó los puntos a lo largo del mono de Malcolm. Su regularidad se calmó. "No, señor, esta noche íbamos a hacer otra pijamada con la tía Hettie".

Un golpe en la puerta principal hizo saltar a Casey.

El señor Killian permaneció quieto.

Casey se mordió el labio. "¿Debo responder a eso? ¿O puedo llamar a la tía Hettie?".

Sonó una segunda ronda de golpes, impacientes.

Breves ecos en staccato de las inquietantes interrupciones de la noche anterior.

El señor Killian metió papeles en su cartera. "Te sugiero que busques a tu tía, y nos pondremos en camino".

Casey sentía la garganta seca como el algodón, e intentó tragar. "Pero nos vamos a quedar aquí, ¿recuerdas? Y nos gustaría que Rachel volviera".

Un tercer golpe trajo a una tímida tía Hettie desde el dormitorio. "¿Debo atender eso?".

El Sr. Killian metió más papeles en su bolso y asintió. "Siéntete libre".

La tía Hettie se pasó una mano temblorosa por el pelo desordenado y se alisó el uniforme antes de abrir la puerta. Jadeó y se apartó de la abertura.

Entraron dos policías uniformados. El más bajo de los dos se quitó el sombrero. "Buenas tardes".

Casey sospechaba que sería cualquier cosa menos una buena tarde.

CAPÍTULO VEINTE:
MUY PRONTO

Los agentes con sus cinturones utilitarios rellenos y sus walkie-talkies sonoros ocupaban la mayor parte del espacio del apartamento. Uno de ellos apoyó una mano sobre la tía Hettie y le habló en voz baja. Su rostro enrojeció y palideció por momentos. Ella sacudió la cabeza y respondió con susurros sibilantes.

El otro oficial se asomó, una sombra oscura y ominosa.

El señor Killian se presentó al oficial. "Estos son dos de los hijos de los Adams, el mayor y el menor. Su hermana mediana está en la oficina, respondiendo a otras preguntas".

Malcolm entrecerró los ojos y le tembló la voz. "¿Qué está pasando aquí?".

El agente se arrodilló ante el niño. "Tu madre está preocupada por ti. Estamos aquí para asegurarnos de que vuelvas a casa".

Casey tragó saliva ante el creciente nudo en la garganta. "Nuestra madre sabe dónde estamos. Se lo dijimos ayer".

El agente la miró, y las palabras de Casey se

apagaron, al igual que su confianza.

"Nos pidió que les encontráramos. Está muy preocupada".

Malcolm hizo una mueca. "¿Por qué no nos llamó Mamá, entonces? Ella conoce los números". Hinchó el pecho. "Incluso yo conozco los números. ¿Quieres oírlo?".

El oficial le revolvió el pelo a Malcolm. "No, gracias, campeón". Malcolm frunció el ceño y se lo alisó de un manotazo.

El oficial se dirigió al señor Killian. "¿Los estás transportando?".

El Sr. Killian frunció el ceño. "Acabo de recibir otra llamada en dirección contraria. ¿Supongo que no podrías ocuparte de su paso?".

El agente inclinó la cabeza hacia su compañero. "Depende de lo que diga el jefe".

¡Di algo! Casey sacó las palabras de su garganta estrangulada. "Tengo mi carro".

El rostro del agente se relajó. "Bien. Tu madre está muy preocupada, así que no te entretengas".

Malcolm se cruzó de brazos. "¿Y Rachel?".

El señor Killian le entregó a Casey una tarjeta. "Está aquí. Pero llama primero para ver si te permiten llevarla. ¿De acuerdo?".

La boca de Malcolm se apretó en una línea apretada. "¿Por qué no nos dejarían llevarla?".

Eso es lo que estaba pensando, muchacho.

El señor Killian se encogió de hombros. "Llama primero si quieres ahorrarte problemas".

No me gusta nada cómo suena eso.

El Sr. Killian se llevó la mano a un sombrero inexistente en un anticuado gesto de despedida y salió a toda prisa del apartamento.

Casey dio esquinazo al oficial voluminoso y se dispuso a volver a doblar la ropa de cama de los niños. La tela se alisó con su tacto hasta que se formaron pequeños y manejables cuadrados. Malcolm rescató su osito de peluche.

"¡No puedo creerlo!" La voz de la tía Hettie interrumpió la conversación susurrada. "¿Y los niños?".

El oficial que estaba más cerca de Casey impidió que se viera la preocupación de la tía Hettie. "Por favor, cálmese, señora. Su sobrina puede llevarlos a casa".

Aunque se esforzó por dar sentido a su tranquila conversación, Casey no pudo distinguir las palabras.

La tía Hettie se movió alrededor de los voluminosos oficiales y se arrodilló para abrazar a Casey y Malcolm. "Los quiero mucho. Conduce con cuidado". Una sonrisa torcida se forzó en su pálido rostro. "Pero tú siempre eres cuidadosa, ¿verdad?". Se acurrucó en el cuello de Casey. "Los veré a todos muy pronto. ¿De acuerdo?".

Casey susurró: "Creía que los niños se iban a quedar aquí contigo durante un tiempo".

Las lágrimas oscurecieron los ojos de la tía Hettie. "Pronto. Muy pronto". Los atrajo hacia ella un segundo más, y luego los empujó hacia la puerta. "Vayan ya. Los quiero".

Casey apretó la ropa de cama recién doblada contra su pecho. "¿Estás segura de que debemos irnos?". Miró a los agentes con desconfianza.

El oficial más cercano palmeó la espalda de Malcolm. "No te preocupes". Los acompañó hasta el umbral. "¿Conoces el camino a la Oficina de Servicios de Protección?".

"Lo encontraré". Se asomó a su alrededor para ver el saludo de la tía Hettie. "Te veré muy pronto. Te quiero".

Muy pronto.

"Nosotros también te queremos, tía Hettie".

CAPÍTULO VEINTIUNO:
DESCANSO EN ALAS

El GPS de su teléfono guio a Casey hasta la oficina del CYF. Malcolm la cogió de la mano mientras preguntaban por Rachel.

La recepcionista negó con la cabeza y entrecerró los ojos ante la pantalla de la computadora. "Lo siento, querida, pero no está aquí".

El pánico se apoderó de Casey. *Mantén la calma. Respira.* "¿Dónde está?

La recepcionista apartó su mirada de la de Malcolm. "Lo siento, pero no debo decirlo". Se inclinó sobre el escritorio. "Pero puedo decirte que está a salvo".

"El señor Killian nos ha pedido que la busquemos. Por favor, sólo queremos a nuestra hermana". La voz de Casey temblaba.

"No debería haber dicho eso sin llamar antes".

Sí. Dijo que llamáramos. Se aclaró la garganta para hacer otro intento. "Nos echará de menos. ¿Podemos, por favor, llevarnos a Rachel con nosotros?".

"¿Tiene ella un teléfono móvil?".

"No".

La recepcionista frunció el ceño. "Lo único que puedo decirte es que está a salvo y que estará en la escuela mañana".

"Está bien", dijo Casey, aunque nada estaba bien. Un peso de plomo se asentó en su estómago y sus pensamientos se ralentizaron. Tiró de la mano de Malcolm, pero el niño tenía algo que decir.

Cuadró la barbilla y respiró profundamente. "Sabes, no está bien romper familias".

La recepcionista parpadeó sorprendida. "Intentamos ayudar en los malos momentos. No queremos separar a nadie, pero intentamos proteger a los niños. Ese es nuestro trabajo".

Casey tiró de Malcolm. "Vamos, cariño".

Miró fijamente a la recepcionista mientras salía.

Una vez abrochado en el asiento del carro, cruzó los brazos sobre el cinturón de seguridad. "Deberías haber luchado más, Casey. Siempre te rindes con demasiada facilidad".

Sus palabras se asentaron como un ladrillo más en su estómago. *¿Qué más podía hacer?*

Malcolm frunció el ceño al ver su reflejo en la ventanilla del carro.

¿Qué hago ahora?

Arrancó el motor y sintonizó una emisora de radio pop. Puedo proteger al niño que tengo conmigo, eso es. Marcó a la tía Hettie, pero su teléfono fue directamente al buzón de voz. *Quizá lo tenía apagado por el trabajo.* Pasó por la casa de la tía Hettie. El carro destartalado de la tía Hettie estaba aparcado en su sitio, pero nadie respondió a la puerta cerrada. *¿Podría la policía haberla llevado al trabajo? Pero ¿por qué?*

Pasó por la cafetería. Allí no estaba la tía Hettie.

El ladrillo en su estómago se convirtió en una roca. *No puedo llevar a Malcolm a casa con la loca de mamá. ¿Y si es ella la que ha llamado a CYF, aunque sea ella la que nos ha hecho daño? No, ella no haría algo tan malo. Pero podría haber sido el personal del hospital quien informara.* Parpadeó para contener las lágrimas antes de que pudieran salir. *Dios, me duele la cabeza.*

Casey trató de ponerle alegría a su voz. "¿Quieres ver mi dormitorio? Podríamos echar una siesta y tal vez resolver este lío".

"Ya no duermo la siesta, Casey. Soy un chico mayor".

"No tienes que echar la siesta. Pero me vendría bien una".

"¿Está Jaimie? ¿Y Tim?".

"Están en algún lugar del campus, sí".

Se encogió de hombros. "Claro".

Casey abrió la ventanilla para dejar que el aire caliente se colara en el carro. Algo entró a la deriva, un trozo flotante de color marrón ribeteado de crema.

Malcolm soltó una risita. "Le gustas a la mariposa". Hizo un esfuerzo contra la sujeción y extendió el dedo, pero la mariposa se posó en el hombro de Casey como el loro de un pirata. "Sus manchas azules son bonitas. ¿Sabías que el azul es mi color favorito?".

"Lo es, ¿eh? ¿No era el amarillo tu favorito, como la semana pasada?". Le guiñó un ojo por encima de las delicadas alas de la mariposa.

"No vendrá a mí". Malcolm hizo un mohín.

"Nunca se me había posado una mariposa encima. Ni siquiera sabía que existieran a estas alturas de la temporada". Extendió la mano a través de su cuerpo hacia las alas que se movían lentamente. Cuando la rozó con el dedo índice, jadeó. Una profunda tristeza brotó de su interior hasta que unas lágrimas silenciosas se derramaron por sus mejillas.

Casey se apartó a un lado de la carretera mientras la inundaban emociones contradictorias. La mariposa le trajo la experiencia de una vida llena de dudas cortada demasiado corta, una existencia inconsciente de su belleza y potencial. Destellos de tristeza y demasiada poca alegría palidecieron cuando por fin el alma representada por esta mariposa se rindió a su depresión. "Descansa en paz", rezó Casey.

"¿Casey?". Malcolm se apretó las rodillas. Se había quitado el cinturón, estaba de espaldas a la puerta y se balanceaba como lo hacía Casey cuando se enfadaba. "¿Estás bien?".

Se restregó los restos de maquillaje embadurnado y asintió a su hermano mientras la mariposa salía por la ventanilla del carro. "Lo siento, cariño", resopló. "A veces las emociones me abruman".

Él asintió. "¿Quieres que haga algo?".

"No. Ya estoy bien. De verdad. Y lo siento".

Se mordió el labio inferior y susurró: "Yo también tengo miedo".

"Todo va a salir bien".

Se retorció en el asiento hasta que los pies colgaron sobre el suelo del carro y miró por la ventanilla. "Quizá sí que quiero una siesta".

Yo también, hermano.

Condujo hasta el campus, aparcó y cogió sus pertenencias, y recitó los nombres de los pasillos mientras acompañaba a Malcolm a su dormitorio. Al pasar por el bosquecillo de álamos, la sensación de ser observada la asaltó, y se estremeció.

Malcolm se aferró a su mano en silencio.

"Aquí estamos. Este es el edificio de los dormitorios para mujeres".

Malcolm bostezó y se frotó los ojos.

Dentro, una rubia de pelo rizado a la que Casey reconoció vagamente de una de sus clases le sonrió. "¿Quién es este pequeño tan mono?".

"Mi hermano pequeño quería ver mi habitación".

Arrugó la nariz ante Malcolm, que parecía un conejito. "¿No eres un joven muy guapo?".

La expresión poco impresionada de Malcolm era casi maleducada.

La rubia se rió. "¡Muchos hombres tienen esa reacción ante mí! ¿Has encontrado bien tu habitación? Está al final de ese pasillo, ¿no?".

El rostro de Casey se arrugó hasta mostrar una desconfianza similar a la de Malcolm. "Sí".

"¡Genial! Me alegro de no haberte equivocado". Hizo un gesto y desapareció en su habitación, dejando una nube de perfume de jazmín a su paso.

¿Cuándo me ha dirigido? Me pregunto si me ha confundido con otra persona.

En el dormitorio, Casey hizo la cama con las sábanas y la manta que había agarrado durante la visita a casa de la tía Hettie.

Malcolm señaló la cama ya hecha situada en el lado opuesto de la habitación. "¿Quién duerme ahí?".

"Mi compañera de cuarto, Deirdre. Quizá la conozcas más tarde".

"Creía que te quedabas a dormir con Jaimie".

Yo también, hermanito. "Eso no funcionó".

Su mención a Jaimie le produjo tristeza. Casey envió un mensaje a su amiga. "¿Cómo va todo? ¿Estás ocupada?". No hubo respuesta.

Casey subió a Malcolm a la cama y se puso a su lado. Se hizo un ovillo y se acurrucó en su calor. Ella le apartó un mechón de pelo de los ojos. *¿Qué voy a hacer?*

Envió un mensaje a la tía Hettie y a Papá. "El CYF se quedó con Rachel. Tengo a Malcolm".

No hubo respuestas.

Malcolm roncaba. Los párpados de Casey se hundieron. Antes de quedarse dormida, envió un mensaje de texto a Tim. "Gracias por ser un puerto en la tormenta de mi vida".

CAPÍTULO VEINTIDÓS:
VISITANDO A UNA AMIGA

Poco después, Casey se despertó con su hermano pequeño acurrucado a su lado. Su pecho retumbaba con una suave sinfonía de sueño, y se chupaba el dedo. Hacía años que no lo hacía.

Se levantó de la cama, con cuidado de no molestar a Malcolm, y comprobó su teléfono.

De Tim. "Te quiero, mi osita Casey. ¿Va todo bien?".

De Papá. "Me he enterado. Recogeré a Rachel mañana por la mañana para ir al colegio".

De Jaimie. "Lo siento. Tenía 'The Doors' a todo volumen y no te oí. No puedo creer que no los haya escuchado nunca. Son geniales. Amber tiene todo su material en vinilo. ¿Qué pasa contigo? ¿Quieres venir?".

Seguro que me gustaría ver a Jaimie.

Casey le apartó el pelo a Malcolm de los ojos, pero no se removió.

Apuesto a que se quedaría dormido el tiempo suficiente para que pueda ir corriendo al cuarto de Jaimie. Está muy cerca.

Escribió una nota sencilla por si se despertaba, la dobló para que se mantuviera erguida, escribió el nombre de Malcolm en el anverso y la apoyó en la mesilla de noche, cerca de la cabeza de su hermano.

La nota decía, "Vuelvo enseguida. Me he dejado el teléfono por si quieres jugar, o puedes usar el papel que hay en mi bolso para hacer algunos dibujos. Sé muy tranquilo y bueno. Te quiero".

Bajó el volumen del teléfono y cerró la puerta con cuidado al salir. Con una rápida carrera, llegó a la habitación de Jaimie. Los bajos de "People are Strange" hicieron vibrar la madera de la puerta bajo el golpe de Casey.

Jaimie abrió la puerta de par en par y, sin detenerse, tiró de Casey hacia la habitación. "¡Te he echado de menos, chica!" Hizo girar a Casey sobre la cama. "Han pasado tantas cosas. Parece que ha pasado una eternidad desde que hablamos. Pero en realidad no lo ha sido. ¿No es así?". Giró, extendiendo la falda con la brisa, hasta que se posó como una flor cerrada sobre sus delgadas piernas. "Amber volverá pronto. Está cogiendo bebidas de la cooperativa. Podría mandarle un mensaje para pedirle que te traiga una".

"No, no te preocupes. No puedo quedarme mucho tiempo".

"Bueno, ojalá pudieras. Te echo de menos". Sacó el labio inferior en un mohín. "Además, me gustaría que conocieras a Amber. Es estupenda. Ella y yo compartimos el mismo gusto musical. También estudia ciencias. Y hasta nada. Como yo. Está pensando en apuntarse al equipo de natación cuando empiece la temporada". Jaimie sonrió. "Te encantará cuando la conozcas. Lo sé".

Lo dudo. No fue muy amable con Deirdre. Forzó una sonrisa en las tensas mejillas, pero no pudo levantar la mirada para encontrarse con la de Jaimie. *Por supuesto, no te he contado lo mala que era, ni por qué acepté ser la compañera de cuarto de Deirdre.*

Como si fuera una señal, Amber irrumpió en la habitación. El vapor se escapó por los pequeños orificios de los tapones de plástico, perfumando la habitación con un embriagador y oscuro café preparado. "Tengo tu café, Mimi. Sube la música y que empiece la fiesta del estudio".

¿Subir el volumen? Aquí late tan fuerte como en una discoteca.

Las zapatillas de deporte de Amber chirriaron cuando se detuvo sorprendida. "Oh, no sabía que teníamos una invitada". Entrecerró los ojos ante su bandeja de cartón con café. "Lo siento".

Casey se puso en pie y se apretó el cordón del bolso contra el pecho. "No pasa nada. Me voy".

Jaimie la agarró de la mano. "¡No! Acabas de llegar".

"Lo sé, pero estoy preocupada. Malcolm está dormido en mi habitación y no quiero que se despierte y se pregunte dónde estoy".

Amber sonrió. "Ooh. ¿Quién es Malcolm?".

Casey se encogió de hombros. "Mi hermano".

"¿Hermano? ¿En tu dormitorio?". Amber dejó el café sobre su escritorio y aplaudió. "¿Es un estudiante?".

Casey asintió. "Acaba de empezar la escuela este año".

"¡Ah, el querido!" Hizo girar un mechón de su pelo alrededor de su dedo, sus uñas cuidadas brillando de color rosa. "¿Es guapo?".

"Bueno, sí, es guapo".

Jaimie soltó una risita, con los ojos brillando con picardía. "Adorable, en realidad, pero eres demasiado mayor para él. Lo siento, Amber".

"¿Demasiado mayor?". Amber hizo un mohín. "Sólo soy de segundo año. No puedo ser demasiado mayor. Espera, ¿cuántos años tiene?".

"¿Qué edad tiene ahora? ¿Siete?".

Amber gimió. "¿Siete? ¿Años de edad? No, eso está mal por tu parte". Dio una falsa palmada en la muñeca de Casey. "¡Demasiado, demasiado joven!" Hizo una mueca a Casey. "¿Por qué dices que es guapo si sólo es un bebé?".

Se revolvió el pelo por encima del hombro y se retiró a su escritorio.

Casey arrugó la frente. *¿Por qué le importa a Amber la edad de mi hermano?*

Jaimie se puso al lado de Casey y bajó la voz. "Case, ¿va todo bien? ¿Qué hace Malcolm en el campus?".

"Tengo que irme. Te enviaré un mensaje más tarde". Casey cerró la puerta a la desconcertante experiencia.

Tal vez Amber pensó que mi hermano era lo suficientemente mayor como para tener una cita. Ew.

Cuando dio la vuelta al pasillo, alguien se metió en el hueco que llevaba a la zona de las duchas. Algo en la forma en que se movía dejó a Casey mal parada, así que se apresuró a ir a su dormitorio.

CAPÍTULO VEINTITRÉS:
GUARDIA DE SEGURIDAD

Cuando entró en su habitación, las risitas de Malcolm la saludaron.

Vaya, se ha despertado cuando no estaba.

"¡Lo siento, amigo! He intentado darme prisa".

Malcolm salió rebotando de su escondite bajo la cama de Casey. Había tirado de la manta de la cama de Deirdre para crear una pared de tela.

"¡Oh, no, Malcolm, esa no es mi manta! Es de mi compañera de cuarto. No podemos servirnos de sus cosas".

Pero antes de que Casey pudiera recuperar la manta, Deirdre se asomó por debajo de ella. "No pasa nada. Hacer la cabaña fue idea mía, en realidad. Espero que no te importe".

Casey se quedó con la boca abierta por la sorpresa. "No, claro que no".

"Debajo de mi cama está lleno de cubos, así que tuvimos que usar la tuya. Espero que te parezca bien". Deirdre se sacó de encima y se puso en pie con un gruñido silencioso. "Me encantaba hacer escondites cuando era pequeña".

¿Sonríe? ¿Qué magia has hecho, hermanito?

Malcolm torció el cuello para contemplar el rostro de Dierdre. "Se te da muy bien".

Deirdre le alborotó el pelo. "Gracias, chico. He tenido mucha práctica, pero tú tampoco eres tan malo en la construcción".

Malcolm se pasó una mano por el pelo para colocarlo en su sitio, pero no se quejó.

Odia que le revuelvan el pelo, pero sonríe.

Deirdre miró de reojo a Casey. "Suponía que acabarías colando a un chico, pero nunca imaginé que sería tan...", sonrió a Malcolm. "Dulce".

"Gracias". Malcolm imitó la voz alta de Deirdre. "Tú tampoco estás tan mal".

Casey tartamudeó: "Lo siento, Deirdre. Tenemos una situación extraña en casa y no tenía dónde llevarlo". La voz se le atascó en la garganta. Tragó saliva. *No sé si Mamá sigue en casa, si la tía Hettie ha regresado, si Papá ha podido traer a Rachel.* Las lágrimas se agitaron y Casey se dio cuenta de que se balanceaba sobre las puntas de los pies. *No sé qué hacer.*

"Oye", Deirdre puso una mano suave en la parte superior del brazo de Casey, con las cejas levantadas hacia la línea del cabello. "No te preocupes. No me importa". Parpadeó para evitar el contacto visual y dirigió una sonrisa a Malcolm. "Puede ser nuestro amuleto de buena suerte. ¿Verdad, chico?".

Malcolm hizo un gesto exagerado con la cabeza. "Sí". Se señaló el pecho. "Y como soy un superhéroe, les mantendré a salvo, chicas".

Deirdre ocultó una sonrisa tras un rasguño de nariz. "Bueno, ¿no es conveniente? Tendremos nuestro propio guardia de seguridad".

El corazón de Casey se ralentizó hasta alcanzar un ritmo más normal. Susurró: "¿No te importa?".

Deirdre negó con la cabeza. "No". Sacó una taquilla de debajo de la cama, la abrió y sacó unas barritas de granola. Las extendió. "¿Quieres una?

La oleada de alivio hizo que a Casey le flaquearan las rodillas. "Muchas gracias, Deirdre. No tardará mucho tiempo aquí".

"No pasa nada. Mientras esté tranquilo, no me imagino que nadie nos denuncie". Le entregó a Malcolm una barra y le quitó el envoltorio a la suya. "Oye, chico, tú no roncas, ¿verdad?".

"¿Roncar? No, creo que no". Dio un mordisco a su granola. Las migas se le escaparon de la boca. "¿Lo hago, Casey?".

"No, no roncas". *Ella no exige una explicación, no amenaza con hacer que me expulsen.* Casey se balanceó preparándose para un ataque de balanceo autoestimulante, pero se contuvo. "Deirdre, gracias. Estoy muy agradecida".

Deirdre se encogió de hombros y se sentó en su escritorio. "Ahora tengo que escribir mi redacción". Le guiñó un ojo a Malcolm. "Puedes quedarte en la cabaña si quieres".

"Gracias". Malcolm se escurrió bajo la cama. En un susurro no demasiado silencioso, dijo: "Me gusta tu compañera de cuarto, Casey. Es muy genial".

Casey estudió la nuca de Deirdre. "Sí, seguro que lo es".

Deirdre se giró en su silla y les sonrió. "Ustedes dos no son tan malos".

CAPÍTULO VEINTICUATRO:
MENSAJE EN LA NOCHE

Casey se despertó con los pies colgando de la cama, con el codo de Malcolm en la cara. Él reposaba abierto de par en par. Una sonrisa beatífica se extendía por su rostro de querubín. Su pecho subía y bajaba con el abandono de la seguridad. Deirdre estaba de cara a la pared, pero por la regularidad de su respiración, también dormía.

Algo golpeó la ventana, un suave rasguño demasiado insistente para ser una rama de árbol. Casey se levantó de la cama, apartó el panel de algodón de la ventana y se asomó a través de las persianas. Dio un salto hacia atrás con un jadeo, con el corazón acelerado. Casey se tapó la boca con la palma de la mano para reprimir una risita. *Es un búho.* Un fantasmal búho nevado más grande que su antebrazo frotaba el pico de un lado a otro del marco de la ventana exterior. *Nunca había visto un búho tan cerca. ¿Qué diablos está haciendo?*

La luz de la luna inundaba el patio trasero que rodeaba el dormitorio de las mujeres, convirtiéndolo todo en un contraste de plata y sombra. Alguien empujaba un desvencijado carro de alambre por los desiguales senderos, manteniéndose en la oscuridad. No se podía discernir mucho de los rasgos de la persona, ya que las capas de ropa la oscurecían, pero por el andar cauteloso, el encorvamiento de los hombros y la cabeza inclinada envuelta en un pañuelo, la mejor conjetura era que se trataba de una mujer mayor, probablemente sin hogar, que merodeaba en busca de sobras y desechos.

El aliento de Casey empañó la ventana, creando patrones cristalinos al enfriarse. Casey apartó la obstrucción invernal de su vista.

El búho se movió en su estrecha percha, con las plumas erizadas, alerta. Dirigió a Casey unos ojos enormes y sin parpadear.

Susurró: "¿Tienes una invitación a una escuela de magos para mí, o has venido a por la dama de ahí abajo?".

El "ulular" del búho hizo que Casey se estremeciera. Se le secó la boca y le temblaron las manos al buscar en el suelo bajo la ventana.

La indigente arrastraba los pies, con suaves chirridos del calzado inadecuado contra la piedra. Su carro gemía suavemente, quejándose de los años de mal uso. A Casey se le nubló la vista, pero no por la condensación en los cristales de la ventana. Su respiración era entrecortada y se llevó una mano a la boca para reprimir un gemido. Tras echar un rápido vistazo a las personas que dormían en la habitación, cogió su chaqueta, se metió los pies en los zapatos sin necesidad de calcetines y dejó que la puerta se cerrara tras su retirada con un suave clic.

Se apresuró a ir a la parte trasera del edificio,

donde sabía que encontraría a la mujer en plena agonía. Los jadeos se superpusieron a los sollozos cuando un gemido grave desgarró a Casey. Su pelo voló detrás de ella cuando corrió hacia la mujer y cayó de rodillas a su lado.

El búho se posó en un arbusto que disimulaba un cubo de basura cerca de la entrada de mantenimiento, con la cabeza inclinada como si estuviera rezando.

Casey sollozó mientras acunaba la cabeza de la mujer.

El aliento de la mujer apestaba a dientes cariados y aliento agrio, pero sonrió a Casey. Su voz sonaba como la grava que se asienta antes de un desprendimiento de rocas. "Eres una buena persona". Acarició la muñeca de Casey con una mano enfundada en varios pares de guantes elásticos baratos. "Ahora me voy".

El búho pasó por encima de ella con las alas amortiguadas de un depredador nocturno, y la vieja vagabunda jadeó en el regazo de Casey, con un siniestro traqueteo que terminó con un silencio opresivo.

El búho desapareció en la noche, silencioso como un espíritu, misterioso y hermoso.

Casey se quitó el abrigo, lo colocó bajo la cabeza de la señora y susurró: "Buen viaje".

Ni siquiera sé sus nombres. Bueno, normalmente no. Lloro por ellos, pero no sé nada de ellos, salvo que se están muriendo.

Casey se limpió el resbalón de las lágrimas de las mejillas. La mujer estirada en el suelo a sus pies miraba sin pestañear el cielo lleno de estrellas.

Supongo que, como tampoco me conocen, es mejor así.

Casey se puso en pie y se limpió los restos de las rodillas antes de dirigirse a la esquina del edificio donde brillaba la luz azul de la caja de llamadas de emergencia del campus. Se estremeció al pulsar el botón naranja de llamada. "Por favor, envíen ayuda. He encontrado a una mujer muerta detrás del dormitorio de mujeres".

Una respiración profunda y circular, con los ojos cerrados, la calmó antes de que llegara la policía. Tras responder a sus preguntas, Casey recuperó su chaqueta de debajo de la cabeza de la mujer. Olía ligeramente a atún y llevaba la suciedad de su tarea. *Tendré que lavarla.*

Con un suspiro, volvió a su habitación. Se quitó los zapatos y se metió en la cama como pudo alrededor de la forma extendida de su hermano pequeño. *Tú sí que ocupas mucho espacio, pequeño.* Le besó la frente antes de volver a dormirse.

CAPÍTULO VEINTICINCO:
MANTOS DE LUTO ATRAPADOS EN EL ÁMBAR

Un pájaro diferente cantó en la ventana cuando la mañana tiñó los cristales. Un petirrojo hinchó su pecho rojizo y cantó con gusto.

Casey gimió. Le dolía la espalda por las extrañas posturas al dormir, y la cabeza le daba vueltas por la falta de sueño. Deirdre se apartó para ocultar una risita mientras Malcolm se deleitaba con un bostezo y un estiramiento exagerados. Su pelo despeinado se erizó, y su camisa se levantó para dejar al descubierto su ombligo. "¿Qué hay para desayunar?". Miró el baúl bajo la cama de Deirdre, de donde había aparecido ayer la granola. "Me muero de hambre".

Casey sacó el peine del bolso y alisó el pelo de Malcolm mientras éste esquivaba sus intentos.

"No te muevas. Tengo que llevarte al colegio y no querrás llegar tarde".

Dio un manotazo al peine. Casey conectó con un golpe suave del instrumento.

"Tengo el pelo fino. Por favor".

"Date prisa y lávate. Puede que no tenga una muda de ropa para ti, pero eso no significa que tengas que apestar".

Recogió la chaqueta que se le había caído a Casey y se la lanzó con una sonrisa de ojos saltones. "Tú eres la apestosa".

El olor de la mujer de la lechuza de la noche anterior permanecía en sus fibras. Casey enterró la cara en sus pliegues e inhaló como si pudiera discernir la vida del rastro que quedaba, un sabueso en busca del alma difunta. Con cuidado, la dejó en su cama como si la arropara para una siesta.

Malcolm salió a trompicones de su pequeño baño y frunció el ceño. "¿Veremos a Rachel en la escuela?".

"Eso espero". Casey se pasó el peine por las greñas, se puso un traje limpio y se despidió de Deirdre con la mano. "Espero que tengas un buen día".

"Tú también, Casey. Malcolm, espero volver a verte pronto".

Mientras Casey trataba de conducir a Malcolm a través de la puerta, éste hizo una finta hacia la izquierda y luego se escabulló por debajo de su mochila para correr hacia Deirdre. Se detuvo a punto de darle un abrazo, pero parpadeó hacia ella con sinceridad. "Yo también espero volver a verte". Con un rápido movimiento de la barbilla, volvió junto a Casey y se dirigió a su carro.

"Me gusta Deirdre. Es simpática". Dijo mientras se adentraban en un clima relativamente templado. El suelo sin pavimentar se aplastó bajo su paso. Malcolm la cogió de la mano y la balanceó mientras caminaban.

La brisa ponía la piel de gallina a lo largo de los brazos desnudos de Casey, pero, para variar, no le molestaba la sensación. "A mí también me gusta".

Fuera del Quad, Malcolm chilló. "¡Oh, Casey, es la

mariposa de ayer!"

Efectivamente, una mariposa se posó en el hombro de Casey. El color negro delineaba sus brillantes alas caoba, mientras que de su parte inferior brotaban volantes de color crema ribeteados de manchas cobalto. Una segunda mariposa se unió a la primera, y luego una tercera.

Malcolm jadeó. "¿De dónde vienen todas?".

Casey susurró para no asustarlas de su percha en el hombro. "No estoy segura".

Mientras estaban de pie admirando las mariposas, se acercó una mujer. "¡Hola, Casey! Supongo que éste es tu hermanito". Su mirada se dirigió a Malcolm, pero se quedó con la boca abierta cuando vio el hombro de Casey. "¡Dios mío! Capas de luto". Se acercó lo suficiente como para que pudiera suspirar un aliento mentolado en la cara de Casey. "Son las primeras mariposas de la temporada".

El corazón de Casey se desplomó. "¿Y se llaman", tragó con fuerza, "Capas de Luto?".

"Sí". Amber se inclinó hacia ella. "En realidad, soy una especie de lepidóptero. Va con mis estudios".

"¿Oh?". Casey intentó forzar el temblor de su voz. "¿Cuál es tu especialidad?".

"Entomología. Creía que lo sabías". Su voz adquirió un sonido lejano. "Me licenciaré en Biología y Ciencias Naturales y me especializaré en el estudio de los bichos en la escuela de posgrado".

Malcolm se quedó con la boca abierta. "¿Puedes estudiar bichos en la universidad?".

Amber giró la cabeza hacia él como si se moviera por la melaza. Sus palabras se deslizaron con la misma lentitud sarcástica. "Por supuesto. ¿No sabes nada?".

Malcolm se burló, con las mejillas enrojecidas. "Sé muchas cosas, pero no estoy en la universidad, así que no lo sabía. Pensé que era genial. Pero si lo estás estudiando, quizá no".

Amber entrecerró los ojos, luego echó la cabeza hacia atrás y se rió.

El sonido sobresaltó a las mariposas, que revolotearon juntas en un cielo raro y sin nubes.

La mirada de Ámbar siguió su progreso.

"Tenemos que ir. Cuídense". Casey apoyó una mano de guía en el hombro de Malcolm y lo condujo por el camino hacia su carro.

En voz baja y gruñendo, Malcolm dijo: "Ella no me gusta".

Casey miró por encima del hombro a Amber, que seguía las mariposas. *Puede que esté de acuerdo contigo. Todavía no estoy segura.*

En la escuela primaria, un guardia de cruce desconocido les hizo señas para que se dirigieran a una plaza de aparcamiento. *Les ha costado mucho sustituir a la otra señora, la que vi morir.* Casey se estremeció.

"¡Mira, ahí está Rachel!" Malcolm casi salió rebotando del carro en su prisa por ver a su hermana.

Rachel saludó desde el exterior de la puerta principal, con una amplia sonrisa en sus delicadas facciones.

"Espérame, Malcolm, y dame la mano, por favor". Casey se apresuró a acompañarle, feliz de poder correr hacia su hermana. Las lágrimas salpicaron sus rostros mientras se abrazaban para saludarse.

"¿Estás bien? ¿Dónde te han llevado? ¡Necesitas un

teléfono móvil! ¡Cielos, te he echado de menos! Estaba tan preocupada que pensé que me pondría enferma". Las preguntas y las afirmaciones se agolpaban unas sobre otras, ansiosas como cachorros en busca de afecto, cuando el timbre inicial avisó a los estudiantes de que debían ir a las clases.

"Entra, Malcolm", dijo Rachel. "Te veré al final del día, ¿vale?".

Malcolm apretó los labios imitando sus ojos entrecerrados. "¿Por qué no vienes?".

"Sí voy, pero antes tengo que decirle algo a Casey".

Malcolm se cruzó de brazos. "Oh, no, no lo hagas. No hay secretos. Puedes decírmelo a mí también. Soy un niño grande".

Rachel se cruzó de brazos, como un espejo de Malcolm. "Cualquiera que tenga que decir 'soy un niño grande' no lo es. Ahora muévete". Le espetó.

"Bien, pero Casey me lo dirá después, así que ya está". Le sacó la lengua, se dio la vuelta con un resoplido y entró furioso en el edificio.

Una vez que se fue, Rachel giró sobre su hermana. "¿Le dijiste a esa gente la verdad sobre lo que había pasado? ¿Por qué fuimos al hospital?".

Casey dejó caer su mirada hacia la acera. Habló despacio y en voz baja a las grietas del asfalto. "Les dije que fui torpe y me caí. Dije que no sabía lo que te había pasado".

Rachel dio un pisotón en el campo de visión de Casey. "¡Maldita sea!" Su rostro se contorsionó con el enfado enrojecido. Bajó la voz. "Mírame, Casey. Toma". Le dio un golpecito en la mejilla hasta que Casey la miró a los ojos. "Tienes que contarles lo que ha pasado. Ahora. Hoy". Puntuó cada palabra con una pausa. "Tienes que hacerlo".

"Pero Mamá..."

Rachel siseó sus palabras. "Mamá culpó a la tía Hettie. Dijo que había visto a la tía Hettie hacerlo. La arrestaron. La tía Hettie está en la cárcel porque Mamá mintió para protegerse".

El mundo que rodeaba a Casey daba vueltas. *¿Arrestada?* Las palabras calladas fueron expulsadas en un borbotón de sorpresa. "Dios mío".

Rachel asintió con las cejas alzadas. Puso una mano en el brazo de Casey. "Ya ves lo que quiero decir. Tienes que ir ahora y decírselo".

Casey se sintió mareada. "Lo haré. Iré ahora".

Rachel la abrazó. "Di la verdad".

Casey asintió y repitió: "Lo haré. Me iré ahora".

Esas palabras se convirtieron en su mantra mientras caminaba con las rodillas débiles hacia el carro y se dirigía a la oficina del CYF. "Necesito hablar con el señor Killian. Creo que ese es su nombre. Tengo que contarle lo que ha pasado".

La recepcionista apartó su silla y acompañó a Casey a una sala con una luz fluorescente parpadeante. "Voy a buscarlo".

Casey se paseó de lado a lado mientras recitaba los acontecimientos al trabajador social.

"¿Por qué no me lo dijiste ayer?".

Casey se balanceaba, con el estómago revuelto, la cabeza como una sinfonía de latidos. "No quería que nadie tuviera problemas".

"No decir la verdad la primera vez ha causado todo tipo de problemas, en realidad". Salió de la habitación dando un pisotón, y la puerta se agitó con su marcha.

Casey parpadeó ante la puerta, entumecida por la

reacción. Susurró a la habitación. "He dicho la verdad, así que me iré ahora". Se pasó la correa del bolso por el hombro y se abrazó a él. En el carro, se desplomó sobre el volante y escribió un mensaje de texto a la tía Hettie. "Hemos dicho la verdad, así que, por favor, ven a casa ahora". *Sé que la policía es la que decide si puede volver a casa, pero quiero que sepa que la echamos de menos.*

Llegó un mensaje, pero no de la tía Hettie. Se registró de Jaimie. "¿Quedamos para tomar un café, por favor?".

No levantó la cabeza. Con el teléfono en el regazo, tecleó su respuesta. "Estaré allí dentro de media hora. ¿Te parece bien?".

Cuando levantó la cabeza, una mariposa se había posado en su parabrisas. Con lenta determinación, la Capa de Luto abrió y cerró las alas. Cerrada, parecía apagada como una hoja seca. Abierta, brillaba como el satén. Casey abrió la ventanilla y el manto entró en el carro con una brisa perfumada de flores de manzano.

"¿Así que estás aquí por mí? le preguntó. Sus pies hicieron cosquillas cuando se posó en el dorso de su mano, y aunque no pesaba casi nada, Casey sintió la carga ya familiar de tristeza, arrepentimiento, miedo, alegrías y esperanza. Las lágrimas silenciosas dieron paso a un torrente de desesperación por un alma que no había conocido en vida.

Cuando la emoción que portaba la mariposa soltó su agarre, Casey lloró por su madre, perdida en su propia locura, por su familia, atrapada en ella con ella. Rezó por el alma que imaginaba transportada por aquella delicada criatura. *¿O, era la mariposa una representación de un alma?*

Casey intentó forzar sus pensamientos a través de los libros de creencias populares y supersticiones sobre la muerte que había leído en otoño. Sin embargo, la emoción inundó sus recuerdos y sólo la dejó con la sensación de un pequeño insecto flotando por la ventana para continuar su viaje.

Se pasó la manga por la cara y llamó a la mariposa: "No sé si ayudo en algo, pero rezo para que sea un viaje exitoso, mariposa".

Cuando desapareció de su vista, Casey recordó una sección de la clase de Religiones Comparadas de la Dra. Krochalis del semestre pasado sobre las creencias en torno a la muerte, pero por lo que recordaba, las variadas culturas sólo podían estar de acuerdo en una cosa. Las cosas aladas solían transportar a los espíritus al más allá.

Subió la ventanilla y condujo hasta el campus, aparcó y se dirigió a la cafetería. La brisa perturbó los pelos de sus brazos hasta que se pusieron de punta.

Envió un mensaje de texto a la tía Hettie mientras caminaba. "Rachel y yo les hemos contado a los agentes lo que ha pasado. Espero que ya estás en casa. Lo siento mucho. No sabía que Mamá te culpaba".

Entró en la cafetería, caliente por las infusiones y repleta de estudiantes, y encontró a Jaimie, cuya sonrisa, abrazo y café de espera dieron la bienvenida a Casey. Le dio unas palmaditas en el taburete elevado que tenía a su lado y le dijo: "¿Qué tal, amiga?".

Casey escaló la silla, se apoyó en la mesa redonda elevada y se encogió de hombros. "En realidad, es un poco complicado ".

Jaimie apoyó una mano desacostumbradamente

quieta sobre la de Casey. "He estado preocupada".

Antes de que Casey dijera nada más, Amber ocupó el tercer asiento frente a ellas. "¡Hola, damas! ¡Pensé que les encontraría aquí! Vaya día, ¿eh? Y parece que quiere llover pronto. ¡Estúpido tiempo! Oye, Casey, nunca adivinarás lo que he encontrado. Mira".

Empujó una taza de café sobre la mesa.

Casey arrugó el ceño, molesta por la intromisión, confundida por la taza.

"¡Pues ábrela!" Inclinó la cabeza hacia los camareros y tomó un sorbo de una segunda taza de café. "Incluso me dieron una servilleta empapada en desinfectante, así que estaré lista para pincharla y estirarla en una o dos semanas".

Las manos de Casey temblaron de miedo cuando abrió la tapa de plástico. En el interior del grueso vaso de papel, una mariposa del Manto de Luto descansaba sobre una servilleta con olor a pino, inmóvil. Muerta.

Casey gritó y apartó el vaso. Se tapó la boca y miró fijamente a Amber. "¿Por qué has hecho eso? ¿Matarla?". Parpadeó entre lágrimas hacia Amber. "No lo entiendo".

El asombro se reflejó en los rasgos de Amber, pero una leve sonrisa le arrancó la comisura izquierda de la boca. Se encogió de hombros. "Te dije que me gustaban las mariposas. Pensé que compartías mi entusiasmo".

Casey saltó del taburete, con la bilis en la garganta. Sin decir nada más, huyó de la cafetería, dejando a Jaimie y su café con leche sin terminar y a la pobre mariposa atrapada y asesinada por Amber.

CAPÍTULO 26:
LA CARA EN LA VENTANA

Tal vez algunas mariposas transmitan almas, o tal vez algunas almas se conviertan en mariposas, pero tal vez algunas sólo sean insectos que evolucionan a partir de orugas. Casey respondió con un bufido a los reproches furiosos. *¿Por qué la mataría Amber si le gustan las mariposas?*

Su tortuoso camino no la llevó a su siguiente clase, sino a la puerta cerrada del despacho de la Dra. Krochalis. Casey llamó a pesar de que el cartel colgado en el exterior anunciaba que la visita caía fuera del horario de oficina. *Por favor, estar aquí.* No hubo respuesta. Casey suspiró. *Maldita sea.*

Miró su teléfono. Nada de la tía Hettie, pero un mensaje de Tim. "¡Te quiero, preciosa! ¿Quedamos para cenar?".

Respondió: "Claro, si puedo".

Si se daba prisa, aún podría colarse en clase.

Se apresuró a cruzar el campus bajo un cielo ominoso de nubes pesadas. *Supongo que Amber tiene razón. Parece que va a llover.* Su mirada se deslizó desde el manto de nubes hasta el dormitorio de mujeres. Un rostro miraba desde una ventana, un rostro notablemente parecido al suyo. *¿Es ésa mi ventana?* Se fijó en la ubicación del escuálido árbol frente a la entrada de mantenimiento. *Creo que sí.* Cuando buscó el rostro en la ventana, ya no estaba.

La estática de la radio y la comunicación amortiguada atrajeron su atención a regañadientes. Un agente de policía del campus conversaba con dos agentes uniformados que guardaban un sorprendente parecido con los hombres que detuvieron a la tía Hettie. *¿Están aquí por mí?*

Algo en su conversación despertó su atención. El policía del campus señaló el dormitorio de mujeres. "Está ahí arriba. Acabo de hablar con ella". Se encogió de hombros. "Es la razón qué llamé, ¿verdad? Cuando estaba seguro de saber dónde encontrarla". Le dio indicaciones.

Casey se puso rígida al oírlo. *¡Ése es el número de mi habitación!*

Ignorando su corazón palpitante y su dolor de cabeza y luchando contra todo impulso de correr y esconderse, Casey se acercó a las figuras de autoridad. "Hola, soy Casey Adams. ¿Me están buscando?".

El oficial del campus frunció las cejas. "Oye, te dije que te quedaras en tu dormitorio".

Casey inclinó la cabeza, confundida. Su mirada se deslizó y bailó. "No he hablado con usted, señor. Lo siento".

La oficina del campus protestó: "¿Qué es lo que no has entendido de que te dijera que te quedaras?".

"Nunca he hablado con usted. Lo siento".

El policía interrumpió las nuevas protestas del oficial del campus, con la mirada fija en Casey. "¿Pero tú eres Casey Adams?".

Casey se fijó en las rozaduras de los zapatos de cuero negro del agente, que por lo demás estaban relucientes. "Sí, señor".

Los agentes se asintieron entre sí. Uno de ellos sacó una libreta y un bolígrafo. "Tenemos que hablar con usted sobre su informe en la oficina del CYF, señorita Adams".

Casey los siguió hasta un banco situado bajo un olmo en ciernes. El policía del campus se alejó con un movimiento de cabeza y un resoplido. Estudió los patrones que hacían los pétalos desprendidos de un cangrejo cercano mientras repasaba su declaración. Siguió a un insecto mientras flotaba por un camino serpenteante entre las flores emergentes. Hablaba cuando le hablaban y guardaba silencio mientras grababan sus respuestas. Cualquier cosa para distraer la horrible verdad de una vida familiar disfuncional.

El mayor de los oficiales se puso en pie. "Una última pregunta, señorita. ¿Eres la misma Casey Adams que denunció la muerte de la mujer vagabunda anoche?".

La mirada de Casey se desvió hacia el lugar donde había caído la mujer. Le tembló el labio y asintió.

Su voz se suavizó. "Has tenido un par de días muy duros, ¿verdad?".

La barbilla de Casey bajó hasta el cuello, y se balanceó al ritmo de la brisa primaveral.

Se aclaró la garganta. "Bueno, cuídate. Estaremos en contacto si tenemos alguna otra pregunta".

Casey dejó que el aire la acariciara mucho después de que los agentes se marcharan.

CAPÍTULO VEINTISIETE:
UNA ENTRADA Y UN AVANCE

"¿Casey?". Deirdre se acercó como si le preocupara poder asustar a Casey. "¿Estás bien?".

Casey parpadeó ante la luz del sol de la tarde y miró a su compañera de cuarto. "Sí, estoy bien".

Deirdre se puso en cuclillas, situándose a la altura de los ojos de Casey. "¿Estás segura? Pareces un poco... agitada".

Casey se consideró a sí misma. *Dios mío, ¿cuánto tiempo he estado meciéndome en este banco?* El sol se situaba por encima de los árboles más altos, acercándose a la puesta. "¡Maldición, mis clases!"

Deirdre levantó las manos para aplacar. "Creo que han terminado por hoy. No tienes clases nocturnas, ¿verdad?".

Casey negó con la cabeza. *¿Qué tengo en mi horario?* Los días nadaban en su imaginación, un remolino sin sentido de fechas y palabras.

"¿Necesitas que llame a alguien por ti?". Los ojos oscuros de Dierdre abandonaron su habitual aspecto encapuchado y se ensancharon con preocupación. *¿O era miedo?*

¿Llamar? ¿A quién podría llamar? ¿Qué tengo que decir? Recuperó su teléfono móvil y observó que tenía mensajes pendientes. *Me pregunto quién me habrá escrito. Rachel necesita un teléfono móvil.*

¡Rachel! ¡Malcolm! Deberían estar en casa desde el colegio. ¿Está Mamá en casa? ¿Les hará daño?

Casey se puso en pie, mareada por la preocupación. "Tengo que ir a casa".

Deirdre había caído al suelo cuando Casey se puso en pie de un salto. Se puso en pie y se quitó las hojas y la suciedad del trasero con una mano, pero mantuvo la otra extendida hacia Casey, con la palma al descubierto. "Espérate. No creo que debas conducir".

"¿Qué? Estoy bien". *¿No lo estoy? Sí que me siento un poco distante. Separada.*

"Casey, por favor, no te pongas al volante de un carro. No creo que sea una buena idea". La capucha se deslizó sobre los ojos de Deirdre, lo que profundizó su aspecto sombrío y oscureció las ojeras.

Los pensamientos de autolesión inundaron a Casey. No sus propios pensamientos. Los de Deirdre. *Pobre chica. ¿Qué le habrá pasado? Aunque ahora no puedo preocuparme por eso.* "Tengo que ir a casa".

"De acuerdo". Deirdre tragó con fuerza. "Iré contigo. Dame unos cuatro segundos para echar esto en la habitación, ¿vale?".

"No tienes que venir". *No sé qué voy a encontrar.*

"Yo voy. Y tú deberías coger una chaqueta. Estás absolutamente cubierta de carne de gallina".

Lo estoy. ¿No llevaba antes una chaqueta?

Las dos entraron en su edificio de dormitorios, Deirdre lanzando miradas furtivas, Casey perdida en sus pensamientos. Ignoraron el bullicioso nudo de mujeres que había a la entrada de su pasillo y continuaron hacia su habitación. Se quedaron congeladas en su sitio y miraron fijamente. Su puerta estaba abierta, a la vista de cualquiera.

A Deirdre le tembló la voz. "Tienes que mantener la puerta cerrada y trancada cuando no estemos dentro".

La claridad se infiltró en los brumosos pensamientos de Casey. "Pero te fuiste después que yo esta mañana. No volví después de llevar a Malcolm al colegio".

Con cautela, entraron. Las puertas de sus armarios también colgaban de las bisagras, abiertas. Los cajones estaban al revés, fuera de las cómodas. Sus escritorios estaban llenos de papeles.

Deirdre se tapó la boca con la mano.

Una voz detrás de ellas las hizo saltar. "Creemos que ha sido un asalto a las bragas". Una mujer con el pelo alborotado se asomó a su habitación a través de la puerta aún abierta. "Hagan un inventario. Estamos preparando una denuncia y comprobaremos si las cámaras de seguridad han captado algo".

Deirdre se mordió el labio. "¿Así que no era sólo nuestra habitación?".

La mujer negó con la cabeza. "No, parece que tienen a casi todos los de este piso".

Deirdre recogió papeles del suelo y los apiló mientras Casey ponía las cosas en su sitio. Metió el papel enrollado en la papelera después de ponerla en posición vertical, volvió a doblar las toallas y las toallitas y rebobinó el papel higiénico. Se quedó paralizada ante el espejo que había sobre el lavabo. Escrito en lápiz de labios rojo estaba: "Te veo".

Deirdre golpeó con la mano el escritorio,

sobresaltando a Casey. "¿Quién haría esto?". Sin embargo, su rostro se contorsionó mientras se arrodillaba ante su bolsa rosa volcada. Sus manos trabajaban con una velocidad frenética mientras restablecía el orden e inventariaba. "No". Su búsqueda se volvió frenética. "Mi medicina", susurró. "¡No está!"

Casey hizo un gesto al Consejero Residente. "Quienquiera que haya hecho esto le ha robado algo a Deirdre. Y ha dejado un mensaje". Señaló el espejo.

La Asesora Residente se frotó la sien. "¿Qué demonios se supone que significa eso? 'Te veo'". Se pasó las manos por el pelo hasta que se agitó tanto como su tono. A Deirdre le preguntó: "¿Estás segura de que tu medicina ha desaparecido? Nadie más ha denunciado un robo. Ni siquiera las bragas, lo que descarta una broma de la fraternidad".

La voz de Deirdre rozaba la histeria. "Siempre las guardo en esta caja. Ahora no están aquí".

"Bien. Conseguiré un formulario. Llamaremos a la policía y haremos una denuncia. ¿Qué tipo de medicina tomas?".

Deirdre se quedó callada. El color subió a sus mejillas. "No te preocupes. Eran para dormir. Tenía algo que me ayudaba a dormir".

La RA la miró con desconfianza. "¿Y no quieres denunciar su robo ahora?".

Deirdre se quedó mirando la papelera y negó con la cabeza.

"De acuerdo entonces. Seguiré mi camino". La RA dejó la puerta abierta al caos del pasillo.

Casey no encontraba su chaqueta, así que se puso una capucha sobre la cabeza. "Siento lo de tu... medicina".

Deirdre siguió mirando donde debían estar los frascos de pastillas. "Eran viejos, en realidad, pero tenerlos me hacía sentir mejor. Quiero decir que hay muchas formas de... No importa".

"¿Muchas formas de suicidarse?". *Caramba, eso fue sin filtro. Parece sorprendida.*

"¿Qué quieres decir?".

Casey cambió su peso y estudió las tablas del suelo. "Cuando no puedo dormir, mi tía Mae solía calentar leche. Pero se mudó hace unos años y murió". Casey se imaginó el rostro amable de la tía Mae. "Así que cuando mi hermana o hermano pequeño no puede dormir, les hago leche caliente. O té de manzanilla". Movió el dedo del pie por el laminado. "A la tía Hettie le gusta el té".

Deirdre se dejó caer en la cama, con la cara blanca y la boca abierta. Susurró: "¿Por qué dices eso? Sobre el suicidio".

La cabeza de Casey palpitaba. "A veces digo cosas sin pensar. Lo siento".

La mirada de Deirdre permaneció impasible. "He pensado en ello. En el suicidio". Sus fosas nasales se encendieron. "No estoy orgullosa de ello. No lo he intentado. Pero he pensado en ello".

Casey sacudió la cabeza, entumecida.

Deirdre entrecerró los ojos. "Lo sabías. ¿No es así?".

Casey se encogió de hombros.

Levantó la barbilla, desafiante. "Nunca se lo he dicho a nadie".

"Quizá deberías hacerlo. Ya sabes. Contárselo a alguien. Hablar de ello. A un psicólogo o algo así. ¿Conoces al Dr. Bridges?".

Deirdre negó con la cabeza. "No. No conozco al Dr.

Bridges. Y no hablo de ello". Miró fijamente. "Y no quiero que nadie más hable de ello por mí".

Casey asintió. "Es un asunto personal".

Deirdre se inclinó, agresiva y entusiasta. "Entonces, ¿por qué lo has sacado a colación? ¿Cómo lo sabes?".

El mundo de Casey se balanceó, de un lado a otro. "Algunas personas llevan las intenciones como si fueran ropa".

Deirdre frunció el ceño. "¿Ves cosas?".

A Casey se le erizó la piel. "A veces. No es mi intención. Lo siento".

Permanecieron en silencio, Deirdre con la mirada fija, Casey en una agónica oscilación tanto figurada como literal.

Deirdre dio una palmada en el colchón y se puso en pie. "Para. Me estás mareando. No me extraña que estés tan delgada. ¿Alguna vez te quedas quieta?".

Casey se estabilizó. "Lo siento".

"Te disculpas demasiado. ¿Lo sabes?".

"Lo sé. Yo..."

"Lo sientes. Sí, lo entiendo. Escucha, probaremos ese té de manzanilla alguna vez. Aunque no me gusta la leche. Pero hazme un favor, ¿eh? Guárdate tus visiones para ti. Es un poco raro".

"Lo sé. Yo..."

"Lo sientes. Vámonos. Limpiaré el resto de esto después de ver a tu familia". Una media sonrisa jugó en la comisura de sus labios. "Ves, no eres el único observador. Además, echo de menos a nuestro guardaespaldas".

"No hace falta que vengas".

"Lo sé, pero ¿crees que quiero quedarme aquí?".

Barrió la habitación con la mano abierta. "¿Sola? No. Gracias. Además", cogió su abrigo y un paraguas, "no estás en condiciones de conducir".

CAPÍTULO VEINTIOCHO:
TOMAR MEDIDAS

No puedo llevarla a mi casa. ¿Cómo puedo salir de esto?

Deirdre dio un golpecito con el pie y señaló la puerta. "¿Vienes?".

"¿Por qué tienes tantas ganas de venir?".

Deirdre suspiró y cerró la puerta. "Te lo dije. No me gusta la idea de estar aquí sola en este momento. Y no tengo que ser vidente para ver que estás lidiando con algo serio. Nadie debería pasar por ese tipo de cosas solo".

"No estoy pasando por ello sola. Tengo a mi padre y....", tragó lágrimas, "a la tía Hettie. Y a Tim. Y....", otro trago y un susurro: "Jaimie".

Deirdre se mordió el labio mientras estudiaba a Casey. "Pues llámalos. A tu familia y a tus amigos y mira si te acompañan. Podría ir al Quad o a la biblioteca o algo así hasta que vuelvas. No te preocupes por mí".

"No es que no te aprecie..."

Deirdre cruzó los brazos sobre el pecho y apretó los labios. "Sí, y perdona si has herido mis sentimientos".

La cabeza de Casey se levantó para buscar el rostro de Deirdre. *Vaya, nunca había pensado en eso. ¿He herido sus sentimientos?*

"No te preocupes. No me suicidaré mientras estés fuera". Se quitó la chaqueta y la arrojó sobre la cama. "Caramba, y la gente me llama rara".

"¿Por qué alguien te llamaría rara?".

Una mueca divertida cruzó el rostro de Deirdre. "Lo dices en serio. ¿No es así?". Se rió y negó con la cabeza. "Soy rara". Puso los ojos en blanco. "Lo sé y lo asumo". Se encogió de hombros. "No pasa nada". Se dejó caer en la cama, con las palmas de las manos golpeando el colchón.

Casey sacó su teléfono y envió un mensaje a Tim. "¿Podrías venir a mi casa conmigo?". Miró a su compañera de cuarto. "¿Y tal vez Deirdre?".

La respuesta inmediata de Tim fue. "Claro. ¿Pero Deirdre? ¿Tu compañera de cuarto?".

"Sí".

"¿Por qué viene?".

En lugar de responder, Casey escribió: "¿Nos vemos en diez minutos?".

"Vale."

Casey deslizó su teléfono en el bolsillo. "¿De verdad quieres conocer a más miembros de mi loca familia?".

Deirdre levantó las cejas. "No creía que quisieras que viniera".

Casey se fijó en las rozaduras de sus zapatos. "Imagino que, si me conoces, no te considerarás rara en absoluto".

Deirdre sonrió. "Gracias".

Casey hizo girar un mechón de pelo alrededor de su dedo y tiró de él. "Hemos quedado con Tim en el carro.

Te gustará. Es un buen tipo".

"No puedo esperar". Pasó los brazos por la chaqueta.

"Oye, no ves mi abrigo, ¿verdad? El rojo. Sé que lo tenía antes. Pero ahora no lo veo".

Miraron juntos, pero ninguna lo encontró.

Casey se encogió de hombros. "Ah, bueno. Supongo que aparecerá. Tendrá que bastar con mi capucha".

Cerraron la puerta del dormitorio al salir.

Tim esperó en el camino hacia el carro. Dudó en medio del paso, con una sonrisa en el rostro, hasta que Casey le devolvió la mirada y asintió. La rodeó con los brazos y ella se fundió en su abrazo.

Aunque se separaron, Tim mantuvo su mano entre los hombros de Casey. Extendió la otra mano. "Tú debes ser Deirdre. Yo soy Tim. Encantado de conocerte".

Con una expresión encapuchada, ella le estrechó la mano e inclinó la cabeza.

Mientras caminaban hacia la zona de aparcamiento, los pájaros piaban. Tim le dio la mano a Casey mientras caminaban y le robó miradas soñadoras. "¿Cuál es el plan de juego, jefa?".

Deirdre se metió las manos en los bolsillos. "Quiere ir a casa para ver a su familia, pero yo no quería que condujera sola".

Tim parpadeó, callado durante varios pasos. "¿Cómo está tu contusión, Casey?".

Deirdre miró a Casey a través de un mechón de flequillo recortado. "¿Conmoción cerebral?".

Casey pensó en el dolor sordo que le perseguía en la cabeza y le enturbiaba los pensamientos. Se encogió de hombros. "Dolorosa".

Deirdre se puso al lado, pisoteando la hierba joven. "Así que, grandullón, ¿han entrado en tu dormitorio?".

Los pasos de Tim vacilaron. "No. ¿Por qué?".

"El nuestro sí. Todas las habitaciones de nuestro piso, al parecer, fueron víctimas".

La cara de Tim palideció. "¿Hubo algún herido?".

Deirdre hizo una mueca. "No, demonio".

"Deirdre, eso no está bien". Casey apretó la mano de Tim. "Se han llevado algunas cosas y han hecho un desastre".

Deirdre frunció el ceño. "También utilizaron mi pintalabios para escribir un mensaje en nuestro espejo".

Tim se detuvo y acercó a Casey. "¿Un mensaje? ¿Qué decía?".

Deirdre se giró y se cruzó de brazos. "Algo así como 'Te veo', ¿verdad Casey?".

Casey asintió. "La RA está en ello. Pero tengo que ir a casa. Por favor, tengo que llegar a casa". Sentía cada segundo como si la golpeara.

Llegaron a los carros. Tim levantó la barbilla de Casey y susurró: "¿Estás bien?".

Casey asintió sin establecer contacto visual.

Él estudió su rostro, con la preocupación grabada en líneas sobre su frente. "¿Quieres que conduzca yo?".

Casey se encogió de hombros. "Claro, pero vamos, por favor".

Le abrió la puerta del lado del pasajero del carro. "Mi dama".

Casey se deslizó dentro.

Abrió la puerta trasera para Deirdre y levantó las cejas.

Deirdre lanzó una mirada fulminante, pero se dejó caer en el asiento trasero.

La arenosa voz de Billie Holiday les dio una serenata cuando el motor rugió. Tim miró a Deirdre por el retrovisor.

"¿Cuál es tu veneno musical, Deirdre?".

"¿Qué quieres decir?".

"¿Qué te gusta escuchar?".

Deirdre miró por la ventanilla. "Cualquier cosa, supongo".

Casey se giró en su asiento y sonrió. "Tim solía estar en una banda llamada Stages of Grief' ".

Deirdre sonrió. "Por supuesto que sí".

Tim salió del campus. "¿Cuál es tu especialidad, Deirdre?".

"Ingeniería eléctrica. ¿Por qué?".

Tim se rió. "Sólo para entablar conversación. Ya sabes, el primer encuentro y todo eso".

"Evaluando a la compañera de cuarto de la novia, ¿eh?".

Tim dio una palmadita en la pierna de Casey cuando ésta se erizó. "Supongo que sí. Al igual que tú probablemente estés evaluando al novio de la compañera". Sonrió por el retrovisor. "¿Cómo voy hasta ahora?".

Deirdre miró por la ventanilla. "No estoy segura".

CAPÍTULO VEINTINUEVE:
SONRISA DE VUELTA

Las dos habían hablado de las clases, las aficiones, los deseos y la música cuando llegaron a la casa de Casey. Casey observó cómo el paisaje se desdibujaba en rayas perladas mientras pasaban a hablar de las mascotas favoritas. A Tim le encantaban los perros, mientras que Deirdre prefería la independencia de los gatos. Sin embargo, cuando salió el tema de la familia, Deirdre se apartó, con los brazos cruzados, y se puso sarcástica. "Apuesto a que vienes de una familia perfecta, ¿verdad, Boy Scout?".

Tim se encogió de hombros. "Ninguna familia es perfecta, pero yo estoy bastante bendecido en el departamento familiar. Mis padres nos quieren a mi hermano y a mí. Y a los demás. Tenemos una casa decente y suficiente comida. Sí, son bastante geniales, y sí, sé lo inusual que es eso hoy en día". Apretó la mano de Casey. Miró por el espejo retrovisor. "Por cierto, buen acierto lo del Boy Scout. Obtuve el Águila en mi último año de secundario. No pensé que lo conseguiría antes de envejecer fuera de los scouts, pero de alguna manera, lo hice".

Casey frunció el ceño. "¿Águila? ¿Qué es eso?".

"Es el máximo galardón de los Boy Scouts. Para mi proyecto, limpié el cementerio". Hizo un gesto con la cabeza hacia el lugar mientras pasaban. "Identifiqué algunas de las lápidas mal colocadas donde los muchachos las habían movido para jugar al fútbol y esas cosas. Limpié los grafitis y los años de desgaste de estas. Restauré la valla de hierro".

Casey parpadeó por la ventanilla para ver el lugar. El Perro Negro que la había saludado antes salió de detrás de una cripta, con la cola en ristre. *Apuesto a que nadie más que yo te ve, Perro.*

Los pétalos de las flores de manzano, pálidos como fantasmas, flotaban en la suave brisa como una escena de ensueño de una película de Ridley Scott.

Deirdre parecía interesada a pesar de sí misma. "¿Qué inspiró ese proyecto?".

Los músculos de los hombros de Tim se tensaron bajo la chaqueta cuando se encogió de hombros. "No estoy seguro. ¿Respeto por los difuntos, quizá? Jugué al fútbol allí cuando era demasiado joven para darme cuenta de lo irrespetuoso que era". Se mordió la comisura del labio. "Pero es extraño, ¿no, Case? Como una premonición o algo así".

Casey parpadeó como si telegrafiara su confusión. "¿Premonición?".

Tim negó con la cabeza. "No estoy seguro de lo que quiero decir, pero los dos nos hemos familiarizado con la muerte mucho más de lo que habría creído cuando llevaba la ropa de un hombre más joven".

Casey dejó caer su mirada para estudiar sus manos, incapaz de mantener sus pensamientos firmes.

Deirdre golpeó la cabeza contra la ventana con un

bufido. "¿Quién necesita a la muerte como conocida?".

Una cita de Marco Aurelio de la clase de clásicas le vino a Casey sin avisar. "La muerte nos sonríe a todos; lo único que podemos hacer es devolverle la sonrisa".

Una vez aparcado en la entrada, Casey se dirigió a los dos. "Quizá deberían quedarse aquí. No sé qué esperar".

Tim le besó el dorso de la mano. "Estoy aquí para ayudarte, Casey. Haré lo que desees".

Deirdre se encorvó. "Sí, bueno, eso está muy bien, pero no voy a seguir encerrada en este carro con el señor Sombrero Blanco". Salió del carro y abrió la puerta de Casey. "Además, no hay nada que puedas mostrarme que no haya visto ya".

Casey miró el rostro ajado de su compañera de cuarto y la creyó. "Vale, vamos".

Casey vaciló ante la puerta trasera rota. *¿Debería llamar a la puerta?* Mientras dudaba, la puerta interior se abrió de golpe.

Malcolm le sonrió. "¡Hermana! ¡Te he echado de menos!" Empujó la puerta mosquitera y se apresuró a rodear las piernas de Deirdre con sus brazos regordetes. "¡Y has traído a mi amiga!"

Tim se rió. "¡Hola, amiguito! ¡Me alegro de verte! He oído que has visitado el campus. Ojalá lo hubiera sabido. Podría haberme pasado por allí".

Malcolm se puso rígido. "Nos divertimos sin ti".

Casey empujó las cejas hacia la línea del cabello. "¡Malcolm!"

Malcolm miró a Tim un segundo, y luego bajó la cabeza. "Lo siento".

Tim se rió. "No pasa nada".

"¿Está Rachel en casa? ¿Dónde está Papá?". Casey

vaciló en el umbral.

"Rachel está en su habitación y Papá está hablando con la tía Hettie".

"¡Tía Hettie! ¿Está aquí?".

Malcolm asintió, con los ojos muy abiertos. "Sí".

Casey se dispuso a entrar corriendo en la casa, pero algo en los gestos de su hermano la detuvo. "Malcolm, ¿dónde está Mamá?".

Malcolm raspó la tierra a sus pies. "Nadie sabe dónde ha ido Mamá".

Un escalofrío recorrió la columna vertebral de Casey. "¿Nadie lo sabe?".

"No. Cuando la policía vino a hablar con ella, Mamá se había ido".

"¿Se fue a dónde?".

Malcolm dio un pisotón. "Casey, ya te he dicho que nadie lo sabe".

Casey escudriñó el patio como si esperara ver a su madre escondida entre las hojas del rododendro. Aunque floreciendo con nueva vida, los contornos familiares no ocultaban a ninguna madre malintencionada. Tampoco había ningún perro negro al acecho, ni ningún cambia-formas que se asomara por detrás del incipiente jardín de hierbas que Casey había plantado con sus tías antes de que naciera Malcolm. Se obligó a mirar hacia las ventanas vacías del piso superior y se estremeció.

Como si percibieran su aprensión, Malcolm, Deirdre y Tim se acercaron a Casey. Tim le pasó un brazo por la cintura y Malcolm reclamó su mano contraria. Deirdre miró a su alrededor, con las fosas nasales abiertas. Dio una palmadita en el brazo de Casey por encima de la cabeza de Malcolm, de pelo desordenado. "Dirige el camino. Estamos contigo, Casey".

Casey forzó una sonrisa y entró.

CAPÍTULO TREINTA:
MALA MONEDA

"¡Casey! Tim!" Rachel irrumpió desde la escalera trasera y ejecutó un abrazo volador que abarcó tanto a Casey como a Tim. Las lágrimas le salpicaron la cara. "¡Dios mío, me alegro de verlos! ¿Ustedes han enterado? ¡Han detenido a la tía Hettie! ¡Tía Hettie! ¡Como si ella hubiera hecho daño a alguien! Pero ya está fuera. Acaba de llegar".

Malcolm asintió. "La trajo un carro de policía. Me permitieron encender las luces rojas y azules".

Rachel sonrió. "Sí, ese oficial era guapo". Con una repentina inhalación, los ojos abiertos y una delicada mano en su enrojecida garganta, Rachel enmendó: "Para ser un tipo mayor, ya sabes". Lanzó una mirada a Tim, que le sonrió.

Rachel dio un paso atrás, con los ojos desorbitados por la incredulidad. "Espera", inclinó la cabeza hacia Deirdre. "Esa no es Jaimie".

Casey apoyó su mano temblorosa en la mejilla magullada de Rachel, una especie de prueba para asegurar su sólida realidad.

Rachel se apartó con el ceño fruncido.

Tim intercedió. "Rachel, ésta es Deirdre, la compañera de cuarto de Casey".

Los ojos de Rachel se nublaron de escepticismo al evaluar a Deirdre.

Malcolm torció el cuello para mirar de Rachel a Deirdre. "Ésta es nuestra hermana, Rachel. La robaron. Pero ahora ha vuelto". Tiró de Rachel para susurrarle al oído. "¿No te he dicho que se parece a la Mujer Maravilla?".

La sonrisa que tiró de los labios de Rachel encontró un espejo en la boca de Deirdre. "Oh, así que ésta es la chica de la que no parabas de hablar", susurró Rachel a Malcolm como respuesta. "Bueno, es lo suficientemente alta como para ser una amazona, supongo".

Casey se inclinó para mirar hacia la sala de estar. "¿Es ahí donde están Papá y la tía Hettie? ¿Crees que debería ir a verlos?".

Rachel la empujó hacia el arco de la puerta. "Sí. Querrán verte".

Mientras Casey se dirigía al salón, Rachel susurró: "Se diría que soy la mayor, por la forma en que tengo que cuidar de Casey todo el tiempo". Una mirada robada por encima del hombro reveló que Rachel se revolvía el pelo y sonreía a Tim.

Las cortinas corridas dejaban entrar poca luz en el anticuado salón. El sofá de Mamá se asomaba, vacío, pero esperando el regreso de su reina. Acurrucados sobre una mesa circular, Papá y la tía Hettie susurraban. Casey captó las frases. "Nunca hubiera creído que haría cosas tan horribles". "Podría haber hecho mucho daño a las chicas". "Dejar que vayan a la cárcel así".

"¿Papá? ¿Tía Hettie? Me alegro mucho de que estés bien".

La pareja se sobresaltó al salir de su conferencia.

"¡Casey!" La tía Hettie cruzó la habitación en tres largas zancadas y la cogió por los hombros. Las lágrimas brillaban en los ojos hinchados y enrojecidos de la tía Hettie. "Estaba tan preocupada por ti. Por todos ustedes". Acarició el pelo de Casey.

Casey se encogió por dentro, incómoda, pero luchando por permanecer quieta y con gracia. Con voz de ratón, dijo: "Lo siento".

"¿Por qué?".

"Si hubiera dicho la verdad desde el principio, no te habrían enviado a la cárcel".

La tía Hettie apretó los brazos de Casey, con una suave presión. "¿Estás de broma? Lo has hecho muy bien, Casey. Ha sido un malentendido, eso es todo. Ahora, por favor, deja de balancearte y no te preocupes".

"No pensé que te arrestarían. No quería meter a nadie en problemas".

Papá se frotó el puente de la nariz, con los ojos apretados en líneas resignadas. "Por supuesto que no".

La tía Hettie colocó su rostro ante el de Casey y forzó el contacto visual. "Y ahora todo está bien. Ya lo verás".

"¿Dónde está Mamá?".

La tía Hettie y Papá intercambiaron miradas incómodas entre sí, pero excluyeron a Casey.

Tras un breve e incómodo silencio, Papá se paseó con las manos entrelazadas a la espalda. "No estamos seguros de dónde se ha metido. Pero no te preocupes. Pronto aparecerá. Estoy seguro".

Seguro que lo hará. Como una mala moneda.

Una brisa agitó las cortinas. Se agitaron como una advertencia, un espíritu seguro de aparecer.

"Tienen cosas de las que quieren hablar. ¿Verdad?". Imploró su escrutinio hasta que la tía Hettie asintió. "Bueno, si te parece bien, llevaré a los niños a la tienda. Volveremos antes de la hora de acostarse, a menos que me llames para decirme que no vuelva a casa. Ya sabes, si aparece Mamá. Los guardaré conmigo si lo haces".

Papá apoyó la mano en la pared, cerca de Casey. "Cariño, no puedes tener miedo. Ésta es tu casa. Es tu madre".

La tía Hettie levantó las manos por encima de la cabeza. "¿De verdad? A eso me refiero. Claro que puede tener miedo". Señaló hacia la cocina. "Todos están asustados. Y deberían estarlo".

Las palabras se estrangularon en la torturada garganta de Papá. "Es su madre. Mi mujer".

"Lo sé. Es mi hermana. Y la quiero. La quiero. Pero tenemos que centrarnos en la seguridad de los niños".

Casey se aclaró la garganta. "¿Alguna idea de dónde está?".

La tía Hettie ofreció una sonrisa vacilante. "La policía la está buscando y el hospital está alertado".

Las venas palpitaron en la sien de Papá. "Haces que parezca una criminal. Es una mujer enferma. Asustada. Y sola".

La tía Hettie pasó una mano por el brazo de Casey. "No te preocupes, cariño. La encontrarán y la llevarán al hospital para que la traten. Ya lo verás. Todo irá bien. Por favor, deja de balancearte".

Casey endureció los músculos para dejar de

hacerlo. "Entonces me iré con los niños. Llámame si aparece, ¿vale? Si está aquí, dime a dónde llevar a los niños".

Papá suspiró. "Traigas a los niños a casa, Casey. Quiero que duerman en sus propias camas".

La cabeza de la tía Hettie giró hacia Papá. "¡Maldita sea! Si no dejas que los pequeños se queden conmigo hasta que esto se resuelva, entonces me quedaré aquí. Dormiré en la cama de Casey". Hizo una doble lectura y suavizó su tono. "Si no te importa, por supuesto, Casey".

"En absoluto. Creo que sería una gran idea".

Los músculos de la mandíbula de Papá palpitaron.

El suelo de madera dura crujió bajo Casey mientras se balanceaba. Forzó las palabras en el cargado silencio. "Bueno, entonces, ustedes dos arreglan esos detalles mientras yo me paso por el centro comercial. Vuelvo pronto".

La tía Hettie ignoró la mirada de Papá y se despidió con la mano. "Intenta divertirte. Los quiero".

"Los quiero a los dos".

Casey se reunió con sus amigos y hermanos en la cocina. "Vamos a dar un pequeño paseo. Si te parece bien, Tim".

Hizo un gesto hacia la puerta con una reverencia teatral. "Después de ti".

CAPÍTULO TREINTA Y UNO:
LOCURA EN EL CENTRO COMERCIAL

Malcolm se abrochó el cinturón de seguridad de su asiento de niños, mientras Rachel y Deirdre se abrochaban a su lado.

"¿Adónde?". Tim puso en marcha el motor del carro de Casey.

Casey se abrochó el cinturón de seguridad. "Al centro comercial".

Rachel chilló "¿De verdad? Me encanta el Centro Comercial".

Deirdre murmuró: "Nunca lo habría visto venir".

Tim se rió. "¿Quieres que me pase por el campus y te deje primero?".

Malcolm rodeó con sus brazos el centro de Deirdre. "¡Ni hablar! Quiere quedarse con nosotros". La mirada cariñosa que le dirigió convencería a cualquiera. "Sí quieres quedarte con nosotros, ¿verdad?".

Ella soltó una pequeña carcajada. "Sí, iré". Le revolvió el pelo y él apoyó la cabeza en su hombro.

Lo que le faltaba al centro comercial de Westingham en cuanto a escaparates activos, lo compensaba con un encanto extravagante. Los gremios de artesanos instalaban mesas a lo largo del perímetro para exponer productos artesanales. Un grupo de escritores locales llamado The Nomadic Wordsters vendía libros y organizaba seminarios de escritura. La Asociación de Deportistas del Oeste de Pensilvania hizo una demostración de técnicas de rastreo e identificación, y junto a ellos, una agencia sanitaria local repartió folletos y ofreció exámenes para identificar los peligros de la enfermedad de Lyme transmitida por garrapatas.

Rachel se quedó boquiabierta ante el escaparate de moda de una tienda popular.

Malcolm señaló la tienda de juegos. "Ojalá tuviera ese sistema. Mis amigos juegan juntos todo el tiempo. Pero yo no puedo".

Tim cogió la mano de Casey y la apretó mientras pasaban por la tienda de lencería.

Deirdre les siguió, como una sombra observadora de su progreso.

Casey los condujo a una tienda de electrónica y señaló un expositor de teléfonos de prepago sin contrato. Señaló una fila que podía pagar. "Elige uno, Rach".

"¿De verdad?". La cara de Rachel estalló de alegría. "¿Un teléfono?".

Malcolm frunció el ceño. "¿Necesitas un teléfono nuevo, Casey?".

"No, Rachel necesita uno".

Rachel chilló y pulsó los botones del más cercano.

Casey tocó el hombro de Rachel. "Para emergencias, sin embargo. No para cualquier cosa. Sólo tendrás un número determinado de minutos al mes".

Rachel se recompuso, pero la euforia burbujeaba

bajo la fachada del decoro. "Por supuesto". Miró a su hermana, esperanzada. "¿Pero puedo utilizarlo también para llamar a mis amigos de vez en cuando?".

"Siempre que entiendas los minutos. Esto es para las emergencias".

Durante mucho tiempo, Rachel sopesó todas las opciones y discutió las virtudes y defectos de cada teléfono con un vendedor llamado Chuck.

Malcolm se aburrió. "¿Puedo ir a la tienda de juegos, por favor? Está justo ahí".

"No, quédate aquí conmigo. Seguro que Rachel no tardará mucho".

Pero Rachel empezó a reírse y a mirar a Chuck, y Malcolm gimió. "Vamos, Rachel. Elige una de una vez. Uf". Se desplomó sobre un expositor de protectores de pantalla.

Deirdre se rió. "Puedo llevarlo yo, si te parece bien, Casey".

Malcolm se animó. "¡Por favor, por favor, por favor! Me portaré bien. Lo prometo".

Deirdre sonrió con satisfacción. "Además, desde aquí puedes ver la tienda de juegos".

Casey dudó. "Realmente preferiría..."

Rachel comparó las opciones de la cámara con un sonoro: "¡Oh, esto tiene filtros incorporados!".

Casey suspiró. "Vale, pero compórtate. ¿Me entiendes?".

El rápido asentimiento de Malcolm hizo volar su fino cabello. Deirdre se enderezó, rígida como un soldado. "Sí, señora. Le protegeré con mi vida". Malcolm la cogió de la mano y ambos marcharon hacia su destino, mientras Malcolm parloteaba sobre los juegos de sus amigos.

Tim pasó una mano por la cintura de Casey y le susurró al oído: "¿Va todo bien? En casa, quiero decir".

Casey se encogió de hombros. "Más o menos. Mi madre ha desaparecido".

El agarre de Tim se tensó un poco. "¿Desaparecida?".

Casey tragó saliva. "La policía está alertada".

"¿Estás, quiero decir, deberías estar preocupada?". Su mirada recorrió sus alrededores como si esperara la aparición de su madre detrás de una pantalla.

"Lo estoy. Preocupada. Un poco asustada. No creo que Mamá sea realmente peligrosa, pero sé que necesita ayuda. Si la recibiera, estaría mejor. Pero quién dice que no hará alguna estupidez con los niños mientras tanto. Por eso voy a conseguir este teléfono para Rachel".

Tim apretó a Casey contra él. "Eso es inteligente. Además, creo que nunca he visto a Rachel tan feliz".

Como en respuesta a su afirmación, Rachel dio vueltas por el pasillo con el teléfono elegido. Cuando Casey lo pagó, el montaje de Rachel de "gracias, gracias, gracias" se volvió molesto.

"Recuerda que esto se compra para emergencias".

"¡Lo sé, pero estoy deseando enseñárselo a mis amigos!" Rachel volvió a abrazar a Casey.

"Vamos a por tu hermano y Deirdre".

Malcolm cogió a Deirdre de la mano fuera de la tienda de juegos. Ambos parecían pálidos y confusos.

Malcolm tiró de Deirdre para que los saludara. "Casey, he visto a una señora que se parecía a ti, pero sabía que no eras tú porque no sonríes así". Su expresión de ojos abiertos transmitía miedo. Susurró: "Era como en el hospital".

Deirdre asintió. "Fue extraño. Se quedó en la puerta y nos miró fijamente, de forma espeluznante". Se estremeció.

El frío se apoderó de Casey. "¿Dijo algo?

Las dos negaron con la cabeza. Deirdre dijo: "No, sólo se quedó mirando y sonriendo. Realmente espeluznante".

Rachel escaneó los pasillos casi vacíos. "No veo a nadie. ¿Por dónde se ha ido?".

Malcolm señaló.

Tim entrecerró los ojos en esa dirección. "Parece que podrías tener un doppelganger, Casey".

CAPÍTULO TREINTA Y DOS:
DOBLE DOBLE

Casey arrugó la frente. "¿Un qué?".

"Un doppelganger es un doble. He oído hablar de ellos". Los ojos de Deirdre brillaron con un interés inconfundible. "La Dra. Krochalis habló de ellos en el folclore germánico".

"Yo oí hablar de ellos en la clase de psicología desviada del Dr. Bridge. Efecto Doppelganger", notó que Deirdre desviaba la mirada y murmuraba "Bridges", y se aclaró la garganta. "Pero creo que la condición psicológica se inspira en el folclore". Hizo una pausa. "¿Puedes hablarnos de ello, Deirdre?".

La mirada de Deirdre se dirigió hacia arriba, casi esperanzada.

Malcolm le tiró de la mano. "Sí, no sé lo que es una doppelcosa".

Deirdre se enderezó un poco. "Es un doble. Una réplica de una persona. Algunos dicen que ver uno es un presagio de muerte".

Rachel gritó: "¿Muerte?". Los ojos de Malcolm se abrieron de par en par.

Tim se aclaró la garganta y se arrodilló cerca de los

niños. "Es una vieja leyenda, no es real. Sólo significa que hay alguien que se parece a Casey y que anda por ahí".

Rachel apoyó una mano en el brazo de Tim. "Espera, hay una página web para encontrar dobles de famosos. ¿Sabías que hay un hombre de la Guerra Civil que se parece a ese actor de 'Ghost Rider'?". Ladeó una sonrisa maliciosa. "Alguien en Internet dice que es un vampiro".

Una creciente punzada de frío, como el hielo que se derrite a lo largo de su columna vertebral, puso a Casey en alerta. La conversación se redujo a un murmullo mientras la piel de gallina se elevaba a lo largo de sus brazos, y su estómago amenazaba con rechazar su última comida, que habría sido un sorbo de café con Jaimie en lugar del almuerzo. "Oh, no", susurró, pero con la atención de todos centrada en los niños, nadie la oyó.

La voz de Malcolm se abrió paso entre el zumbido, pero sus palabras no se registraron del todo. "Esa chica no se parecía mucho a Casey. Daba miedo. Casey no da miedo". Soltó la mano de Deirdre y buscó la de su hermana. Escudriñó su rostro y susurró: "Casey, ¿estás bien?".

Ajena a la suave preocupación de su hermano, Casey buscó la fuente del malestar, con los ojos lanzados en una frenética descarga.

"¿Casey?". El peso de la mano de Tim no disuadió su búsqueda.

Un suave gemido brotó de sus labios. "No..."

La voz de Rachel sonaba estridente, casi histérica. "¿Estás bien, Casey? ¿Qué te pasa?".

Casey se liberó de Malcolm y Tim y corrió hacia el

problema, el alma en busca de liberación. Las lágrimas corrieron por sus ardientes mejillas hasta mojar su pelo.

Una joven bien vestida yacía desplomada en el pasillo de un baño, con el contenido del bolso y las bolsas de la compra esparcidas por el pasillo. Un frasco de opiáceos manchaba un jersey verde lima nuevo y una blusa de vestir.

Casey se detuvo a su lado, suplicando en vano.

De los labios de la mujer salía espuma. Sus ojos se movían como los de una muñeca rota en sus cuencas enrojecidas. Un olor penetrante se mantenía como un perfume fatal en la mujer, que no podía ser mucho mayor que Casey.

Casey gimió más fuerte y se encorvó más cerca de la mujer que se iba. "¡No, aguanta! Pediré ayuda". Sus manos temblaban mientras tanteaba el teléfono mientras el alma de la joven revoloteaba, delicada como las alas de una mariposa, frenética por liberarse.

Tim se arrodilló junto a ella y le susurró cerca del oído. "Ya lo tengo. Llamaré al 911".

Sin poder contener el tiempo de dolor, las lágrimas, los mocos y los gritos agónicos desgarraron a Casey. Forzó las palabras a través de su angustia. "Por favor. No dejes que los niños la vean".

Atrajo a Casey hacia su regazo, una cálida protección, un lugar seguro para el duelo. "No te preocupes", susurró. "Deirdre los tiene, y no los perderá de vista". Ella se fundió en su consuelo y dejó que la invadieran oleadas de dolor. Él le acarició el pelo mientras describía la emergencia a la operadora.

CAPÍTULO TREINTA Y TRES:
TRABAJOS Y PROBLEMAS

Todos permanecieron en silencio en los viajes de vuelta. Los niños se despidieron con un resoplido, y el tenue "gracias por el teléfono" de Rachel hablaba de su preocupación.

La tía Hettie aseguró que se quedaría en la casa hasta que Mamá volviera para recibir tratamiento.

De vuelta al edificio de la residencia, Tim besó la parte superior de la cabeza de Casey. "Cuídate, cariño. Supongo que no tienes hambre".

Casey asintió, con los ojos bajos.

"No pasa nada. Tendremos que intentar cenar en otro momento, ¿vale?".

Casey volvió a asentir.

Tim le besó los labios, suave como el paso de un suspiro de primavera. Se volvió hacia Deirdre. "Ha sido un placer conocerte. Gracias por cuidar de nuestra chica y de su familia. Eres una buena persona".

Deirdre le dio un golpe de puño. "Tú tampoco estás mal, grandullón".

Tim saludó con la mano mientras se marchaba al dormitorio de los hombres.

Como siempre después de un encuentro con los que se van, el cansancio acribilló las articulaciones de Casey, que se tambaleó un poco al entrar.

"Tranquila, marinera. Puede que seas pequeña, pero no quiero cargar contigo hasta el dormitorio". Pasó un brazo por debajo del de Casey para darle apoyo y la guio. "Claro que lo sabes, al final vas a tener que explicar qué demonios pasó en el centro comercial. ¿Lo entiendes? Pero primero vamos a dormir un poco".

La RA esperaba en su vestíbulo, con los brazos cruzados y una expresión sombría que ensombrecía sus delicadas facciones. "Así que has vuelto. Bien. Tenemos que hablar".

Tanto Casey como Deirdre se pusieron rígidas.

Deirdre se incorporó. "¿Qué pasa, jefa?".

La RA señaló con un movimiento de la barbilla hacia la puerta. "Hablaremos dentro". Miró a las puertas cerradas. "Menos oídos indiscretos".

Casey siguió a las mujeres hasta su dormitorio. Sus oídos seguían sonando con sus propios lamentos, huecos y vacíos. Se sentó en su cama, rígida y mecánica.

La RA sacó una computadora portátil de su mochila, lo abrió y pulsó sobre un archivo. "Esto es de la cámara de seguridad del pasillo del momento del robo". Dio un paso atrás para permitir que las compañeras de piso tuvieran una visión clara.

En la pantalla, Casey salió de su habitación y metió los frascos de medicamentos de Deirdre en los bolsillos de su abrigo rojo. Se relamió los labios oscurecidos por el lápiz de labios utilizado para escribir un mensaje en su espejo y sonrió directamente a la cámara de seguridad antes de introducir la llave de su habitación en la cerradura de la vecina y conseguir la entrada.

Deirdre palideció, los ojos se entrecerraron y las fosas nasales se encendieron. "¿Tú?". Alzó la voz. "¿Te has llevado mi medicina? ¿Has entrado en las otras habitaciones?". Agitó los brazos mientras rodeaba a Casey, que permanecía demasiado inmóvil y aturdido para reaccionar. "¿Por qué? ¡Creía que éramos amigas!"

La mente de Casey se desordenó. Sonidos incoherentes chirriaron a través de sus labios. Las lágrimas mancharon su visión en la pantalla de la computadora.

El pecho de Deirdre se agitó mientras luchaba por controlarse. Se dirigió a la RA "¿Y ahora qué pasa?".

¿Realmente cree que he hecho esto? Por supuesto, ¿por qué no iba a hacerlo?

La RA volvió a cruzar los brazos sobre su pecho. "Por supuesto, tenemos que hablar de esto con la decana por la mañana".

"No puedo quedarme aquí con ella. No después de esto". Deirdre señaló la computadora.

Casey se levantó con las piernas temblorosas. "Yo iré. No tienes que compartir la habitación conmigo".

La RA la agarró del brazo. "Quédate ahí. Te han pillado robando. Puedo llamar a la policía del campus y hacer que te encierren durante la noche".

"Por favor, no". Casey tragó saliva y puso en orden sus pensamientos. "Me iré y prometo reunirme contigo en el despacho de la decana por la mañana".

La RA frunció el ceño. "Estate allí a las nueve".

Casey asintió. "Lo prometo".

Casey apretó su manta, su almohada y su bolsa contra su pecho como si fueran objetos de seguridad de un niño y salió. La gente miraba desde detrás de las puertas cuando ella pasaba, y sus susurros la seguían como el susurro de una brisa entre las hierbas emergentes.

CAPÍTULO TREINTA Y CUATRO:
EN EL DESPACHO DE LA DECANA

Cargada con una bolsa de pertenencias y agarrando la ropa de cama delante de ella, Casey se dirigió tambaleándose a su carro. Lo dejó todo dentro y se desplomó en el asiento. El aire primaveral no contribuyó a vigorizar su sensibilidad. Todo se arremolinaba en su mente, una confusión de sonrisas lascivas, palabras inquietantes y estertores.

Formó un capullo con su manta y esperó enterrar sus preocupaciones bajo una almohada de olvido. Su último pensamiento antes de poner la alarma del teléfono, apagar su timbre y sumirse en un sueño intranquilo fue "Deirdre debe odiarme ahora".

Se despertó temblando, acalambrada y dolorida antes de que sonara la alarma. Cogió ropa limpia y artículos de aseo y los metió en la mochila. *Quizá pueda escabullirme y usar el lavabo antes de mi cita con la decana.*

Una niebla baja merodeaba por el campus, pero los pájaros cantaban alegres regresos y alegrías privadas. Hileras de jacintos y narcisos sobresalían por encima de la niebla que les llegaba hasta los tobillos, aportando su perfume embriagador a los olores de la tierra removida. En algún lugar del lago, un hombre con falda escocesa tocaba la gaita.

Casey se arregló sin encontrar a nadie. Se aplicó una fina capa de maquillaje para cubrir su fatiga, recogió sus pertenencias y se armó de valor. *Es hora de enfrentarse al dragón.*

El pasillo hasta el despacho de la doctora Julia Rosen se alargaba mucho más de lo que ella recordaba. La secretaria hizo una mueca de "buenos días". Se dirigió a Casey con una valoración de labios apretados. "¿Te esperan?".

Casey no pudo encontrarse con los brillantes ojos de la mujer. Su movimiento de cabeza le revolvió el pelo sobre la cara y murmuró: "Creo que sí". Nadie más se sentó en las sillas. *Al menos no prolongaremos esta agonía.*

"¿Estás esperando a que llegue alguien más?".

Casey asintió.

La secretaria señaló el puesto de café. "Sírvete, si quieres".

Casey añadió varios paquetes de azúcar y media taza de leche a su taza antes de añadir el amargo líquido marrón. Cada trago le calentaba la garganta, pero no podía eliminar el frío del miedo. *¿Me echarán? ¿Qué puedo decir para defenderme? Nadie en su sano juicio creería que tengo un doble.* La luz del sol se colaba a través de una vidriera, proyectando hermosos dibujos a lo largo de la madera pulida. Casey pasó los dedos por la luz como en su última visita al despacho de la decana. Entonces se había preguntado si la expulsarían de la escuela. Ahora, sin embargo, sentía su certeza pesada como una piedra de molino sobre su cuello. O una soga a punto de apretarse.

"Bien. Ya estás aquí". La RA movió su bolso para liberar una madeja de su tupido pelo de la correa. "No creí que fueras a aparecer. Bueno, sigamos con ello". Se volvió hacia la secretaria. "Señora Wellesley, necesitamos ver a la decana Rosen, por favor. Enseguida, si es posible".

Después de llamar a la decana, la secretaria

Wellesley les indicó que entraran. "les está esperando. Pero no tarden mucho. Tiene una cita que llega a las 10:45".

La RA miró a Casey. "No creo que esto lleve mucho tiempo". Palmeó su bolsa. "Las pruebas son bastante concisas".

A Casey se le revolvió el estómago. Con precisión funeraria, se arrastró tras la estela del fiscal hasta situarse ante el amplio escritorio de caoba y las impresionantes credenciales enmarcadas de la decana Rosen. La Dra. Rosen apoyó la barbilla en los dedos apretados cuando entraron.

La RA se acercó al escritorio, rígida de oficiosidad. "No quiero robarle mucho tiempo, decana Rosen, pero este estudiante de primer año ha irrumpido en varios dormitorios y ha hecho travesuras. Sabía que querrías ocuparte del asunto personalmente".

"Ya veo". La decana Rosen señaló un par de sillas. "Señorita Blanco, señorita Adams, por favor, tomen asiento y expliquen lo sucedido".

El temblor de Casey hizo que el poco café que quedaba en su taza chapoteara en su mochila cuando tomó asiento.

En lugar de sentarse, la señora Blanco sacó la computadora de su bolso. "Hubo varios robos en nuestra planta, y las imágenes del pasillo captaron al culpable". Pulsó el botón de reproducción, y las pruebas incriminatorias rodaron hacia la decana.

La decana Rosen miró a Casey un momento antes de dirigirse a la Sra. Blanco. "¿Cuántas habitaciones fueron invadidas?".

"Todas las de ese pasillo".

Casey se arrepintió de haberse bebido el café. Se agitaba en su estómago y amenazaba con reaparecer.

La RA hinchó el pecho. "Sé que debería haber llamado a la policía del campus, pero pensé que querrías ocuparte de esto personalmente".

"Así es". La decana Rosen se inclinó más hacia la

pantalla y entornó los ojos. Se levantó las gafas y renovó su escrutinio.

Un ligero alboroto fuera del despacho precedió a un fuerte golpe que resonó en la sala. Sin reconocerlo, la puerta se abrió de golpe. Deirdre entró precipitadamente perseguida por una acosada Sra. Wellesley. "Lo siento, Dra. Rosen". Se alisó la blusa desarreglada. "Se negó a esperar como una persona civilizada".

"Siento ser tan grosera", jadeó Deirdre. "Tenía que verte". Clavó los ojos en Casey. "Qué bien, todavía estás aquí. Temía haber llegado tarde ".

Las cejas alzadas y la boca temblorosa la Dra. Rosen delataban algo más que sorpresa. Despidió a la Sra. Wellesley. "Supongo que esta estudiante tiene algo que presentar en relación con este asunto. Gracias".

La Sra. Wellesley volvió a su puesta con una última mirada de reproche para todos los estudiantes.

Cuando la puerta se cerró tras ella, la Dra. Rosen señaló el banco de sillas de cuero que había ante su escritorio. Cuando Deirdre tomó la que estaba junto a Casey, la decana Rosen preguntó: "Bueno, ¿qué perspicacia tienes que ofrecer?".

"Soy la compañera de cuarto de Casey Adam, señora, y he estado pensando en esto toda la noche. No he podido pegar ojo. Algo de ese video de seguridad me ha molestado. Verás, creo que conozco a Casey bastante bien, y sé que no entraría en las habitaciones ni saquearía las cosas de la gente. No es esa clase de persona".

La señorita Blanco se rió y señaló su computadora. "¿Estás loca? Acabas de conocerla y has visto su culpabilidad con tus propios ojos".

Deirdre saltó hacia el monitor. "Ponlo".

La RA, segura de sí misma, obedeció.

"¡Ya está! Como ves, a Casey ni siquiera le gusta establecer contacto visual, y mucho menos mirar a una cámara y sonreír a sabiendas. Y mira cómo camina. Es una persona muy engreída, que se pasea por los pasillos como si fuera la dueña del lugar. ¿Has visto alguna vez a Casey? Se escabulle por los bordes como un ratoncito que teme tropezar con alguien". Dio un golpe en el escritorio. "Esa no es Casey. Es una impostora".

La boca de la Srta. Blanco se quedó aflojada. "Estás loca".

"No, no lo estoy. Bueno, no sobre esto, al menos. El otro día, en el centro comercial, vi a una mujer que se parecía mucho a Casey. Creo que esta parecida está acechando a Casey". Deirdre respiró profundamente. "Sé que es improbable..."

"Pero la improbabilidad persigue los pasos de la señorita Adam, ¿no es así?". La doctora Rosen se recolocó las gafas. "¿Le han robado algo, señorita Blanco?".

La RA pasó una página de su tableta amarilla. "Una bolsa de dados, una botella de ron y", consideró a Casey y a Deirdre, "su medicina y un lápiz de labios", indicó a Deirdre, y luego inclinó la cabeza hacia Casey, "y su chaqueta de invierno". Entornó los ojos hacia Casey. "Claro que, como ella hizo el allanamiento, supongo que no falta en absoluto".

La decana cerró el monitor y lo empujó hacia la señora Blanco. "Gracias por traerme esto. Un trabajo excelente. Por favor, pida a las mujeres a su cargo que usen el sentido común y cierren las puertas con llave. Yo me encargaré a partir de ahora".

La Señorita Blanco se quedó mirando. "No querrás decir que crees que tiene una gemela malvada que entra en los dormitorios, ¿verdad?".

"Tendré que explorar las posibilidades. Gracias, señorita Blanco".

La RA cerró la bocaza, recogió sus cosas mientras murmuraba "increíble", y se marchó sin decir nada más.

"Señorita Adams, ¿entró en los dormitorios de sus

compañeros?".

Casey tragó con fuerza y negó con la cabeza. "No, señora, no lo hice".

"¿Cogiste las medicinas de tu compañera de cuarto?".

Las lágrimas se derramaron sobre los párpados de Casey. "No. Deirdre es mi amiga".

Deirdre le apretó la mano. Las lágrimas también bailaron en sus ojos. "Por favor, créala, doctora Rosen. Sé lo que parece, pero Casey no lo hizo. Aunque la cámara crea que lo hizo".

La Dra. Rosen dio un golpecito en el escritorio y los escudriñó. "Nos encontramos en una situación peculiar. Hay una película de lo que parece ser usted, señorita Adams, abandonando la escena de un crimen. Pocos serían lo suficientemente astutos como para notar las diferencias en los gestos entre usted y la persona que aparece en la pantalla como su amiga aquí, así que nos enfrentamos a una posible desconfianza y algo peor. Y aunque la señorita Blanco es una buena Consejera Residente, y procura ser discreta, no está por encima de compartir algún cotilleo en alguna ocasión, sobre todo si considera que la situación está mal llevada." La doctora Rosen suspiró y, como si hubiera tomado una decisión, pulsó un botón del teléfono de su mesa. "Berenice, por favor, mira a ver si puedes localizar a la señorita Blanco, la joven que acaba de salir de aquí".

"Sí, doctora Rosen".

"Vayan ya, ustedes dos. Yo hablaré con la señorita Blanco".

Casey se sintió desfallecer de alivio. Casi salió disparada de su asiento, con la intención de marcharse antes de que la decana cambiara de opinión.

"Señorita Adams".

Casey se quedó helada. *Sabía que era demasiado bueno para ser verdad.* Se volvió con inquietud, con la voz más temblorosa que la gelatina en una cuchara. "¿Sí, Dra. Rosen?".

"Sé que es difícil para ti, pero intenta mantenerte alejada de los problemas". Con una sonrisa y un movimiento de cabeza, despidió a Casey.

Casey dejó caer la barbilla y salió de la habitación. *Como si intentara meterme en problemas.*

CAPÍTULO TREINTA Y CINCO: CONOCIMIENTO ARCAICO

En el exterior, el aire frío rosaba sus mejillas. Las nubes se acumulaban en lo alto, como si quisieran escuchar su conversación.

Deirdre chocó con Casey, haciéndola saltar un par de pasos del camino. "Ha ido mejor de lo que pensaba".

"Viniste a ayudar".

"Mira, Casey, siento lo que dije ayer". Deirdre se mordió el labio. "Lo siento de verdad. Estaba confundida y molesta, sobre todo después de que habláramos de... de por qué tengo esas pastillas".

"Es bastante confuso. No estoy segura de lo que ocurre, pero creo que conozco a alguien a quien preguntar".

"¿Oh? ¿Quién es?".

"La Dra. Krochalis. Es una gran conocedora de las cosas raras. Creo que tener un doble se consideraría raro, ¿no?".

Deirdre asintió. "Sí, es bastante raro. ¿Ahí es donde vas ahora?".

Casey asintió.

"¿Te importa si te acompaño?".

Casey le sonrió. "Me alegraría de tu compañía".

Bajaron las escaleras hacia el edificio de la profesora Krochalis. El canto de los pájaros marcaba el camino, un reflejo del alivio que sentía Casey. "Creía que me iban a echar seguro".

Deirdre apretó la mandíbula y tragó con fuerza. El color subió a sus mejillas y las lágrimas brillaron. Susurró: "Lo siento mucho".

Casey estudió el rostro de su amiga y se mordió el labio. "¿Por qué demonios lo sientes?".

Deirdre golpeó a Casey con la cadera. "Rara". Se limpió una lágrima de la mejilla. "Nunca debí dudar de ti. Sabía que no me robabas, pero supongo que estaba tan alterada porque mi -medicina- había desaparecido, y tú sabías por qué la tenía. En el fondo de mi mente, te culpé, aunque sabía que no habías hecho nada. Lo sabía y dejé que te culparas". Susurró: "Podrían haberte expulsado o acusado". Resopló. "No estaba siendo una buena amiga".

Casey arrugó la frente y consideró sus palabras. "Fuiste corriendo al despacho de la decana para defenderme. Y estás faltando a las clases para ver si la doctora Krochalis sabe algo de este extraño asunto del doble".

Una profunda voz masculina la interrumpió. "¿Extraña cosa doble? ¿En qué travesura se ha metido esta vez, señorita Adams?". El jefe del departamento de Psicología, el Dr. Bridges, inclinó la cabeza hacia ellos. "No creo que seas esquizofrénica, así que...". Se quitó las gafas y las limpió con una floritura de su pañuelo monogramado. "¿Estás leyendo la novela de Dostoievski? O...." Cuando se recolocó las gafas, sus ojos brillaron. "¿Estás experimentando un delirio inspirado en el lóbulo parietal?".

El Dr. Bridges se apoyó en la entrada, delgado y atractivo con su chaqueta deportiva con parches y sus vaqueros azules, con las cejas alzadas, esperando una respuesta.

Casey tragó saliva, el calor se infiltró en las líneas de la mandíbula y las mejillas. "Ah..."

Las cejas del Dr. Bridges se alzaron más. El trino de un pájaro interrumpió el incómodo silencio.

Deirdre levantó las manos y sonrió. "Dios, eres libre con los diagnósticos, pero qué tranquilizador". Apoyó una mano en el hombro de Casey e ignoró la respuesta rígida de ésta. "Casey, no eres esquizofrénica". Se pasó la mano por la frente y se quitó el sudor fingido. "Supongo que ahora podemos continuar para encontrar a la profesora Krochalis, a la que estabas buscando". Dio a Casey un suave empujón hacia el destino.

El Dr. Bridges sacudió la cabeza, se rió y se volvió para marcharse. "Me atrevo a decir que Jeanne estará encantada de verte a ti y a tu afrentosa nueva compañera, señorita Adams. Buena suerte en lo que sea que les hayan metido. Espero con interés la intrigante historia". Con otra risita, se alejó.

Deirdre resopló. "¿Quién era ese engreído?".

Casey se esforzó por encontrar su voz. "El doctor Bridges, el jefe del departamento de psicología".

"Espera. ¿Ese es Bridges?". Se giró para mirar la fanfarronería del hombre. Lo señaló con el dedo. "¿Querías que hablara con ese imbécil de mis problemas? Oh, Casey". Deirdre negó con la cabeza, con una sonrisa sardónica pegada a los labios.

La voz de Casey sonó, pequeña y tímida. "Está muy bien informado".

Otro resoplido. "Si es así, seguro que lo sabe. Un pringado engreído".

Casey frunció el ceño ante la puerta del despacho del doctor Krochalis. "Él y la Dra. K. son mis profesores favoritos".

"No te ofendas, Casey". Deirdre soltó una risita. "Es que está tan lleno de sí mismo. Tengo una clase con la Dra. K. Espero que Krochalis no sea tan dura como ese hombre".

Desde atrás llegó una voz aguda. "Siempre hay esperanza".

Casey y Deirdre dieron un salto de sorpresa.

La Dra. Krochalis se golpeó con una zapatilla de ballet con lazo de lunares. "Disculpe". Pasó rozando para abrir la puerta de su despacho. "¿Vienen?".

Casey y Deirdre intercambiaron miradas con los ojos muy abiertos antes de seguirla al interior.

"Dra. Krochalis, ésta es mi compañera de cuarto, Deirdre".

"Un placer". Los labios apretados de la Dra. Krochalis denotaban cualquier cosa menos eso. "Entonces, ¿cuál parece ser el problema hoy? ¿Ángeles que susurran en los manzanos en flor? ¿Impostores en los impatiens?".

"No, en realidad, ¿has oído hablar alguna vez de un Doppelganger?".

"Un doble caminante, Srta. Adams. Sí. He oído hablar de ellos. ¿Por qué?".

"¿Cómo se deshace una persona de uno?".

"Hm, no creo que lo hagan. De hecho, la mayoría de las culturas creen que ver uno predice la muerte de la persona en cuestión". Cogió un libro de sus abarrotadas estanterías y se dirigió al índice. Recorrió con el dedo hasta que encontró su entrada y la hojeó. "Aquí está. Doppelganger es el término alemán para referirse a un Caminante Doble. Algunos creen que se trata de un demonio que adopta la apariencia de otro para hacer travesuras. En algunas culturas, poderosos magos invocan a estos camaleones para dañar a sus enemigos. Hay varias menciones históricas de dobles. Hm. Un escritor de ciencia ficción sugiere que ver a un doble puede ser un caso en el que el tiempo se desgarra, y una persona se ve a sí misma desde una época diferente".

"Eso es interesante, profesora, pero lo que necesito saber es cómo... cómo alguien... derrota a uno".

La Dra. Krochalis leyó, con el color subiendo en sus mejillas. "Eso es complicado. Si se trata de un demonio invocado, el mago que realizó la magia podría verse obligado a disipar la invocación. Muchas fuentes sugieren que se evite, porque enfrentarse al doble provoca la muerte de uno de los gemelos". Señaló un cuadro prerrafaelista. "Sin embargo, si se trata de un espíritu malicioso, las precauciones habituales deberían funcionar".

Deirdre dio un golpecito con el pie. "¿Precauciones habituales? ¿Cómo cuáles? ¿Llamar a los Cazafantasmas? No creo que hagan llamadas a pueblos de mala muerte como la comunidad del campus de Ol' Nor'Eastern".

La doctora Krochalis se encrespó. "Hay investigadores de lo paranormal en la zona, pero sugiero algo así como protecciones religiosas, si hay fe detrás de ellas. Se dice que la sal atrapa o mantiene a raya a los fantasmas. El hierro perjudica a algunos. Hay formas de atrapar a los espíritus y de guiarlos hacia su próxima vida". Lanzó una rápida mirada a Casey.

"Sin embargo, no creo que esto sea un fantasma. No se siente atrapado ni frustrado". Casey miró fijamente a un cuervo que estaba fuera de la ventana de la doctora Krochalis. El pájaro le devolvió el escrutinio. "De hecho, se siente intencionado y malicioso".

"Quizá algo llamó la atención de la cosa. Tal vez una habilidad que no aprecia. Esta fuente sugiere que, si un doppelganger puede guiar a un alma por el camino, puede capturarla. Mi idea es que, si algo guiara a las almas a su próxima vida", intensificó su consideración sobre Casey, "ese alma-ayudante sería un obstáculo para el ladrón de almas".

"Entonces, ¿cómo hace un ayudante de almas para enviar a un ladrón de almas en su camino?".

La doctora Krochalis se inclinó lo suficiente hacia el libro como para rozar su nariz con la página. "De momento no veo nada, pero seguiré leyendo. Te avisaré en cuanto descubra algo útil".

"Gracias. Agradezco tu ayuda". Casey se volvió para marcharse.

"Señorita Adams, ¿sabía que alguien ha reabierto la tienda de psíquica de Lily? Me pregunto si el nuevo gerente tendrá alguna sugerencia".

"Lo comprobaré. Gracias de nuevo".

Deirdre siguió a Casey hacia las débiles corrientes de luz solar primaveral. "¿Quién es Lily y qué es una tienda psíquica?".

Casey le sonrió. "Lily era una de las antiguas

estudiantes de la doctora Krochalis. Organizó la ceremonia del equinoccio del pasado septiembre, a la que asistimos Jaimie, Tim y yo". *Entre otras personas, incluida Rom.* Un escalofrío la recorrió. "Lily murió. Un velo invisible la estranguló ante mis ojos, un ataque al corazón o algo así". Se sacudió. "Detuvieron a su compañero, así que supongo que su tienda de la Nueva Era estaba cerrada".

"Entonces, ¿es la siguiente parada?".

"Está en mi lista de paradas".

"¿Quieres compañía?".

Casey se detuvo a mitad de camino. "¿Compañía?".

"Sí, yo". Deirdre se señaló el pecho y se rió. "¿Te importa que te acompañe?".

"Estoy confundida. ¿No tienes clases a las que asistir?".

"¿Intentas librarte de mí o estás canalizando a mi asesor académico? Además, tú también tienes clases que te faltan, ¿no?".

"De alguna manera, no creo que pueda concentrarme mientras haya una alborotadora con mi cara paseando por ahí".

"Lo entiendo. Vamos".

Un céfiro les acarició la piel mientras recorrían los caminos empedrados hacia el aparcamiento.

"Tengo una idea". Casey desbloqueó el carro. "¿Te importaría entrevistar al tendero de la tienda de la Nueva Era mientras yo hago un recado a las afueras de la ciudad? Tengo que comprobar algo y el tiempo se me escapa hoy".

La cara de Deirdre decayó por un momento. "Sí, supongo que podría hacerlo".

"Sería de gran ayuda". Casey se frotó los ojos y

reprimió un bostezo. "Quizá podamos terminar esto antes de la puesta de sol".

"Dime, ¿dónde dormiste anoche? Intenté llamarte, pero me saltó el buzón de voz".

Casey se sobresaltó. "Tenía el timbre apagado". Sacó el teléfono del bolsillo del pantalón. "Vaya, he perdido llamadas de Tim, Jaimie y de ti".

Deirdre señaló el hombro de Casey. "Tienes una mariposa".

Las ya familiares manchas azules aparecieron cuando el insecto abrió las alas.

Casey le sonrió mientras bajaba la ventanilla. "Hola, amiga. Dudo que quieras unirte a nosotras. Seguro que tienes muchas amigas mariposas esperándote". Giró en su asiento para permitir que la mariposa escapara, pero la cosa saltó hacia su mejilla. Al contacto con sus pequeñas patas, la agonía por una vida vivida sin propósito le arrancó amargas lágrimas. "Oh", gimió y golpeó la cabeza contra el volante.

La voz de Deirdre temblaba. "¿Estás bien?". Jadeó.

Varias mariposas se unieron a su compañera y compitieron por su atención y su tacto. Decenas de alas aterciopeladas abordaron y oscurecieron la vista de Casey. Los pies en miniatura le trajeron remordimientos y alegrías agridulces. Vivió experiencias más allá de lo que le ofrecía su vida protegida. Conoció la agonía de la adicción, la incredulidad de un final repentino. La nostalgia se retorcía en su interior como una serpiente enroscada preparada para atacar. Los ojos azules y borrosos de un recién nacido parpadearon en los suyos, y su corazón se hinchó de orgullo. La nieve le roció la cara, mordiscos helados contra la piel desprotegida y azulada.

Tantos últimos momentos revividos a través del contacto con mensajeros brillantes como joyas que requerían las lágrimas de Casey para despejar el camino hacia el más allá. Cuando Casey derramó su océano privado en beneficio de las diminutas transportadoras de almas, éstas revolotearon hasta convertirse en rayos de sol dorados, atentos a su propósito privado.

Cuando la última mariposa se marchó, la agitada respiración de Casey se calmó. En su estómago se asentó una roca de remordimientos. Su visión se nubló con las lágrimas y los dolores. Apoyó la cabeza contra el frío metal del riel de la ventana y aspiró hasta que por fin pudo aclarar los ojos y enfrentarse a sus propias tareas.

"¿Qué demonios acaba de pasar?".

Casey se sobresaltó. Había olvidado la presencia de Deirdre, abrumada por una emboscada de emociones desenfrenadas que no eran las suyas. Casey se ajustó el espejo. El rímel dejaba huellas grises sobre la piel manchada e hinchada. Pasó el dedo índice para eliminar el efecto mapache. "No estoy del todo segura".

"En serio, ¿qué demonios? Estabas repleto de mariposas y gritando como un lobo herido".

"Lo siento. Supongo que son almas que esperan ser liberadas".

La boca de Deirdre se abrió más que sus ojos saltones. Se estremeció y susurró: "¡Mierda, chica! ¿Con qué frecuencia ocurre esto?".

Casey soltó una risita, mareada por el cansancio. "Nunca me habían saltado las mariposas, la verdad. Tampoco creo que quiera que vuelva a ocurrir". Se frotó la nuca. Le temblaba la voz. "Nunca".

Deirdre exhaló con fuerza. "Maldita sea, chica, me alegro de no ser tú".

CAPÍTULO TREINTA Y SEIS:
A ARKHAM

Casey se recompuso antes de conducir hasta la librería New Age, agradecida por la tranquila compañía de Deirdre.

Cuando se detuvo, dejó caer la cabeza sobre el reposacabezas. "Gracias por hacer esto, Deirdre. A ver si descubres cómo puedo vencer a esa cosa que intenta robarme la cara".

"Te tengo, amiga. Sé lo que necesitamos". Ladeó la cabeza para ver mejor el escaparate. "Sólo espero que esta tienda de mala muerte pueda darnos algunas respuestas". Miró a Casey. "De todas formas, ¿a dónde vas?".

Casey dejó que sus párpados se cerraran. "Tengo que ver si el centro ha oído algo de mi madre". Apretó los labios para que no le temblaran. Su voz sonaba pequeña y desesperada. "Sigo temiendo por mi familia".

"Señor, tienes mucho que hacer. No sé cómo lo haces. Ten cuidado, ¿de acuerdo? Conseguiré toda la información que pueda sobre los doppelgangers y esas cosas espeluznantes. Aléjate de las mariposas. Ya no me fío de esos bichos".

Casey soltó una risita. "Estaré atenta". Abrió los ojos cuando la puerta del carro se cerró con un ruido sordo y Deirdre la saludó desde la puerta de la tienda. "Vamos a Arkham, pues", anunció Casey al carro vacío.

Dentro de las instalaciones, el personal de seguridad la sometió al procedimiento estándar de entrada. Presentar un documento de identidad y firmar el ingreso. Pasar por un detector de metales y que le inspeccionaran el bolso. Con una placa de visitante que mostraba su fotografía y su nombre pegada a la camisa, un guardia acompañó a Casey al despacho del Dr. Keller, el psiquiatra que había tratado a su madre.

El antiséptico rivalizaba con la orina. Pasaron por salas cerradas. En una de ellas, una mujer desaliñada golpeaba el puño contra el cristal reforzado con un ritmo monótono. De detrás de otra llegaban sonidos de murmullos y un chillido. Giraron por un pasillo hacia la consulta del médico.

"No está. Espera aquí. Voy a comprobar el libro de registro. Vuelvo enseguida". El nítido uniforme del guardia contrastaba con el blanco clínico de las paredes, el suelo y el techo, como un pájaro azul perdido en un campo nevado.

Otra serie de pisadas y el tintineo de una cadena anunciaron que dos guardias, un celador y un recluso se dirigían al lugar de espera de Casey. Los guardias caminaban con confianza, con su protegido como un espantapájaros cojo y tambaleante entre ellos, mientras el celador consultaba los historiales. A medida que se acercaban, el paciente se puso inquieto y se resistió a que lo agarraran.

"¡Oh, es el pequeño Casey Contraria! Casey, mírame. ¡Mira!"

Casey desvió la mirada hacia su rostro. Bajo una barba desaliñada y un pelo descuidado sonreía su antiguo socio, Rom. Había perdido peso y unas oscuras bolsas grises daban a sus ojos un aspecto hundido y esquelético. Sonrió, con una expresión torcida y maliciosa.

"Esa es la chica que me puso aquí. Es Casey. Es una especie de retrasada o algo así. ¿No es así, Casey? Te veo, Casey Adams. Me acuerdo".

"Ya está bien de ti". Los guardias tiraron de él por el pasillo, pero Rom se quedó con la cabeza en blanco y miró fijamente a Casey.

"No vengas más a mi habitación. ¿Me oyes? No quiero verte". Su cabeza se inclinó hacia el ordenanza. "No quiero que venga a visitarme nunca más. Esa chica de ahí. La has visto, ¿verdad? Estuvo aquí el otro día, ¿recuerdas? Pues no quiero que vuelva a venir aquí. No quiero volver a verte, Casey Adams. No me das miedo. No vuelvas a verme". El círculo de conversación de Rom continuó hasta que se cerraron las puertas del ascensor.

¿Otra vez? ¿Estaba aquí también esa doble, o Rom está rabioso?

El doctor Keller interrumpió sus cavilaciones. "Me alegro de volver a verla, señorita Adams. ¿En qué puedo ayudarla?".

"Me preguntaba si había tenido noticias de mi madre".

"Como te he dicho antes, no. No tenemos ni idea de dónde ha ido tu madre".

"¿Me lo has dicho antes? ¿Cuándo?".

Levantó las cejas. Habló con una entonación comedida, como si temiera molestarla. "Ayer, cuando hablamos de la desaparición de tu madre. Como te dije entonces, era una persona que se había auto inculpado. No podíamos retenerla contra su voluntad. Llamaré a tu padre si tengo noticias de tu madre". Puso una mano en el hombro de Casey para guiarla hacia la salida.

Casey rehuyó su contacto. "Gracias, doctor. Le agradezco su tiempo". La forma en que había agrupado las cejas en el centro de la frente se tensó, y un dolor de cabeza punzó en las esquinas de su conciencia mientras volvía a pasar por el control de seguridad, entregaba su placa y ponía en marcha el motor de su carro.

CAPÍTULO TREINTA Y SIETE:
ALIADOS SORPRESA

Cuando llegó a la librería, la determinación de Casey se asentó sobre ella como una armadura. Golpeó el volante. "Voy a ocuparme de este asunto de la doble antes de que me arruine la vida". Comprobó su teléfono.

Vaya, había olvidado los mensajes de Jaimie y Tim.

De Jaimie salió: "¡Te echo de menos! No has venido a tomar café. ¿Va todo bien? Por cierto, mira la colina de la ceremonia. ¿No es increíble? ¿Crees que algunos pobres infelices están allí arriba celebrando otra ceremonia de equinoccio? Puede que suba hasta allí y lo compruebe más tarde, ¿o crees que será algo del amanecer, ya que es primavera? Es decir, cuando fuimos en otoño, fue una puesta de sol. En cualquier caso, avísame cuando podamos reunirnos. ¡Te echo de menos, Casey! Te quiero".

Tim escribió: "El sol brilla más cuando estás cerca. Hace mucho que no veo tu sonrisa. ¿Puedo llevarte a cenar? Estoy deseando verte, preciosa".

El teléfono se enfrió como un bálsamo donde Casey lo apoyó contra su frente un minuto antes de salir al aire fresco de la tarde. La campana de la tienda tintineó su anuncio. El interior se veía abarrotado con objetos de la 'nueva-era'. Las cestas rebosaban de plumas. Los cristales que atraían la luz colgaban de cuerdas y cadenas. Las estanterías se hundían bajo sus eclécticas cargas. Un gato de color canela chocó la cabeza contra la espinilla de Casey y se frotó contra ella. Su ronroneo retumbó.

Una mujer más o menos de la edad de Casey se asomó por el borde de un par de sillones de cretona acolchados en el rincón de lectura. Sus largos mechones caían casi hasta el suelo. "¡Hola! ¡Bienvenido y feliz encuentro! Soy Sunbeam, es decir, Rayo de Sol. Me llaman Sunny". Hizo un gesto relajado hacia el gato. "A Jinx le gustas. Significa que debes estar en el camino de la ascensión. Me alegro por ti". Desapareció de la vista, dando la espalda a Casey, pero su voz trinó: "Avísame si puedo ayudarte". Apoyó los pies descalzos en la mesa de café.

Deirdre sonrió por encima de la otra silla. "Espera, Sunny, ésa es la chica de la que te hablé. Casey, Sunny dirige este lugar".

"Oh, tú eres el objetivo de la doble cara, ¿verdad?". Sunny se puso en pie. "Lo siento mucho. Es una mierda. Pero no te preocupes. Lo hemos resuelto".

Los espesos penachos de incienso empeoraron el dolor de cabeza de Casey, pero se centró en la tendera. "¿Descubrieron qué?".

"Cómo invocar a la cosa. Y Casey, ¿adivina qué? Sunny dijo que le ayudaría". Deirdre puso una mano en el hombro de Sunny.

Sunny palmeó la mano de Deirdre y chocó con ella, juguetona y coqueta. "Ésta es una buena amiga tuya, señorita".

"Sé que es una buena amiga, gracias". Casey se frotó las sienes. "¿Qué tenemos que hacer para atrapar a esa cosa o enviarla a un lugar donde no pueda hacer daño a nadie nunca más?".

La sonrisa soñadora de Sunny se desvaneció un poco. "Empecemos por invocarlo, y a partir de ahí podemos seguir".

Deirdre señaló una bolsa junto a su silla. "Sunny nos presta el material que necesitamos".

"Es muy amable por tu parte". *Pero ¿por qué ser tan amable con una desconocida?* "Gracias".

Como si leyera los pensamientos de Casey, Sunny declaró: "Veo auras, y en la de Deirdre pude ver que algo funesto la acechaba. Quiero ayudar".

El gato se paseó por detrás del mostrador, con la cola en alto.

Deirdre se echó la bolsa al hombro. "¿Qué ves en el aura de Casey?".

La expresión de Sunny se volvió vacía y su voz se desvió, nebulosa como el humo del incienso. "Oro para el amor, mucho amor, y plata, una guía". Cerró los ojos. "No me extraña que el demonio te haya elegido objetivo. Debe de odiarte".

"¿Por qué iba a odiarla, Sunny?".

"Ella le roba su comida. Se alimenta de la confusión. Ella le gusta el orden. La otra criatura prospera cuando las almas se pierden. Casey las envía en su camino a través del velo". Las largas pestañas de Sunny descansaban cerca de sus altos pómulos, como si se hubiera quedado dormida de pie.

"¿Es eso lo que haces, Casey?".

Casey se encogió de hombros. "No estoy segura de

lo que hago, pero sé que es hora de irse. ¿Crees que podremos convocar esta cosa hoy?".

Sunny parpadeó como si se despertara de una siesta. "Puede ser. Todos los días tienen magia, pero hoy es el equinoccio de primavera. Eso significa que nuestras posibilidades son mayores".

"Estupendo. Vamos". Deirdre los guio fuera de la tienda.

"Protege el lugar, Jinxy. Volveré en cuanto pueda". Sunny puso el cartel de "cerrado" y cerró. Pasó la mano por el sello de la puerta y murmuró una serie de palabras.

Deirdre se apoyó en la pared, con los brazos cruzados, para observar. "¿Qué estás haciendo?".

"Un hechizo. Aleja a los ladrones". Sunny se echó el pelo por encima del hombro hasta que cayó en masa a la altura de su delgada cintura. "Se me dan bien los hechizos". Sonrió y siguió hasta el carro de Casey.

CAPÍTULO TREINTA Y OCHO:
TRABAJO EN EQUIPO

"Necesitamos un lugar tranquilo y alejado de demasiadas interferencias para hacer esta invocación". Sunny giró alrededor del campus. "¿Alguna idea, damas?".

Casey jadeó. Lo que Jaimie había llamado la colina de la ceremonia brillaba, los árboles resplandecían de blanco. No era nieve. Una abundancia de flores cubría las oscuras ramas.

Sunny jadeó. "Es precioso".

"Nadie nos vería allí. El camino hacia la cima está por aquí". Mientras Casey los guiaba, los pétalos de color rosa pálido flotaban en las brisas susurrantes.

El barro hacía resbaladizos los empinados senderos. Deirdre ofreció sus brazos a Casey y Sunny, robustos y seguros con botas de combate. Chirridos, cantos, zumbidos y crujidos a su alrededor les hablaban de la fauna que se deleitaba con las temperaturas más cálidas. Los pájaros revoloteaban con materiales para los nidos. Las ardillas rezongaban con sus colas plateadas y sus narices.

Cuando llegaron al claro donde el otoño pasado

Casey se unió a Jaimie y a los miembros de la banda Stages of Grief para una ceremonia poco aconsejable, no había indicios de animales o pájaros que perturbaran una inquietante tranquilidad. Entonces, los árboles esqueléticos se habían alzado sobre ellos como un techo de gigantes desaprobadores.

Sin embargo, ahora los árboles estaban llenos de vida.

Casey susurró: "¿Servirá esto?". De alguna manera, se sentía bien.

Los grandes ojos de Sunny se abrieron de par en par mientras asentía. De la bolsa, Sunny y Deirdre sacaron velas, un espejo de marco oscuro, una caja ornamentada y una cadena de plata.

"Tendremos que preparar la trampa. Los caminantes dobles a veces son espíritus". Agitó un recipiente de sal rosa de grano grande. "Esto nos protegerá si éste es un doble fantasma". Sacó una botella de plástico con una cruz dorada encima. "Esto es por si la cosa es un demonio. La sal ayudará, pero necesitaremos un poco más de protección si es un demonio. Espero que puedas atraparlo en este espejo, pero si no, he traído esta caja".

El brillo de la cruz deslumbró a Casey. "¿Cómo sabes la diferencia?".

"Un doble fantasma podría tener un mensaje importante para ti, o estar aquí para avisar de la mala suerte que se avecina". Sunny agachó la cabeza y susurró: "Por ejemplo, podría estar aquí para avisarte de tu muerte".

Deirdre resopló. "¿Qué?". Sus ojos, muy abiertos, buscaron el rostro de Casey.

Sunny se aclaró la garganta. "Por supuesto, un

demonio podría tener otros motivos para imitar a alguien. Una forma de crear discordia, ¿sabes? Pero es que muchos demonios son excelentes imitadores. Imitan voces y difunden mentiras".

Casey pensó en los cambios del ser en el hospital. "Entonces, vamos con la teoría del demonio. He visto a esta cosa parecerse a un montón de gente. Pero ¿por qué se iba a meter conmigo?".

Sunny se encogió de hombros. "¿Por qué alguien hace lo que hace?".

El sol se deslizó hacia una espectacular puesta de sol brillante con tonos pastel de rosa y turquesa, violeta y salmón. Sunny le indicó a Casey que se sentara ante el espejo. Su voz zumbó como un abejorro, un cosquilleo silencioso en el oído de Casey. "Deja tu mente en blanco. Estás conectada a esta cosa, así que deberías poder verla dentro del cristal de prestidigitación".

La luz de la vela parpadeó y se reflejó en su superficie. El reflejo de Casey mostraba cansancio en las ojeras y una piel más pálida de lo habitual. Las grapas del cuero cabelludo le picaban, y la cabeza le palpitaba al ritmo de los latidos del corazón. Tal vez fuera un truco de la luz de las velas y la puesta de sol, pero el contorno de Casey se difuminaba y vacilaba.

Un susurro, y luego otro, le indicaron que alguien se acercaba.

"Eh, ¿quién está ahí fuera?". La voz de Deirdre ladró como un perro guardián.

Una vocecita dijo: "¿Es mi amiga?".

"¿Malcolm?". El pulso de Casey latía más rápido que los arroyos crecidos por la primavera. *¿Qué está haciendo aquí?* Por mucho que buscara, no podía ver entre las sombras para encontrar a su hermano.

"No te adelantes demasiado", llegó una advertencia preocupada.

¿También Rachel? ¿Cómo han llegado hasta aquí? ¿Cómo han sabido buscarme aquí arriba?

Una voz gruesa gruñó: "Los dos tienen que hacer caso a su madre".

Fue como si ríos enteros de agua helada bañaran a Casey. *No. Ahora no. No Mamá.*

Malcolm salió primero de la maleza, seguido por una Rachel de aspecto acosado. Corrió de cabeza en un abrazo volador que hizo que Casey se desperezara. Le susurró al oído: "Sabía que te encontraría".

Unos murmullos procedentes de las cercanías informaron de los continuos esfuerzos de Deirdre y Sunny, y algo relampagueó detrás de los troncos de los árboles, una persona de pies ligeros con el pelo suelto por detrás.

Casey se puso en pie con dificultad, con la mano en la cabeza de Malcolm. Sólido y con olor a galletas, Malcolm no era un fantasma, sino una personita vulnerable. *¡No puedo dejar que le pase nada malo!* O a *Rachel.* La desesperación hizo que su voz fuera estridente. "¿Qué haces aquí?".

A Rachel le tembló el labio. Se abrazó con los brazos a su delgado cuerpo. "Mamá ha vuelto, Casey. Me dijo que le habías dicho que se reuniera contigo aquí".

Los escalofríos se intensificaron. "Nunca dije eso".

Entre resoplidos, la sensual voz de Mamá acusó: "Sigues siendo una mentirosa, ¿verdad?". Mamá salió de la creciente penumbra que los rodeaba. Su escotada blusa verde permitía ver claramente el ascenso y descenso de su amplio pecho. "Esperaba que dejaras el hábito, pero veo que, en esto, como en tantas cosas, me decepcionas".

La voz de Casey temblaba como la de un niño. "Yo no miento".

"Ah, ¿entonces cómo he sabido encontrarte aquí, en este oscuro lugar?".

A Casey se le aceleró el pulso y el sudor le corrió por la frente a pesar del frío que había en el aire. "Hay un asunto de dobles..." *Genial. Ahora parezco una loca.*

Una voz fría y risueña procedente de cerca del espejo la interrumpió. "Porque quería que lo encontraras, claro".

Casey se giró para mirar a la interlocutora. La misma cara pálida que la suya. Las mismas ondas rubias. Los mismos ojos oscuros y pálidos. Vestida con el abrigo rojo de Casey, la doble se mantenía más erguida, sin embargo, y miraba con descaro, con una dureza maliciosa en su expresión. No proyectaba ninguna sombra y caminaba con la gracia silenciosa de una serpiente.

"¿A qué estás jugando ahora, niña?". El rostro de Mamá se ensombreció y un ceño fruncido tiró de sus labios hacia su mandíbula panzuda. "¿Un nuevo truco para meter a tu pobre madre en problemas?".

La sonrisa de la doble envió nuevos escalofríos a Casey. Casey le gritó a la cosa. "¿Por qué? ¿Por qué has atraído aquí a mi madre, a mi hermana y a mi hermano?".

La sonrisa de la doppelganger se desvió. "Sólo pedí por la madre. Los niños son un placer inesperado. La invité aquí por una simple razón. Para permitirle ver tu destrucción". Se acercó a Casey, con una voz cargada de malevolencia. "Se lo merece, ¿no crees?".

Casey se apartó del contacto con la perspicacia de alguien acostumbrado desde hace tiempo a evitarlo. "No, no lo creo. Se merece amor y respeto. Necesita cuidados". Casey miró a su madre. "Está lidiando con cosas difíciles y necesita un poco de ayuda, eso es todo".

La no-Casey echó la cabeza hacia atrás y se rió. "Tu madre te odia, idiota. Desearía que no hubieras nacido. Por mi parte, estoy de acuerdo con ella y creo que su odio debe ser recompensado. Es un bálsamo para todos los que prosperan con el caos y la venganza, como hacemos mis hermanos y yo".

La no-Casey entrecerró los ojos. "Pero ¿por qué estás aquí de pie, audaz como el bronce, y no te derrumbas en un montón de balbuceos con sólo verme?". Su aliento apestaba a azufre y una mala definición nublaba las líneas de sus mejillas, como si un artista hubiera descuidado el trabajo de las líneas.

Casey se fijó en su falta. "Sabes, de cerca, en realidad no te pareces a mí".

La no-Casey se rió. "Me parezco más a ti de lo que jamás lograrás. Soy tu esencia. Personifico tu alma". Envolvió el abrigo alrededor de su delgado cuerpo como un abrazo.

Casey frunció el ceño. "¿Qué significa eso? ¿Eres un fantasma? ¿Un demonio? ¿Tienes alma? ¿Y por qué te molestas por mí o por los míos?".

Con zancadas agresivas, la no-Casey redujo la distancia que las separaba hasta que casi se puso a los pies de Casey. "Significa, idiota, que cuando me miras, debes ver tus defectos y saber que tu tiempo en esta tierra ha llegado a su fin. Ahora mírame. Mírame a los ojos en lugar de permitir que tu visión patine".

Con una mano áspera, el doble agarró la barbilla de Casey y tiró.

Sus ojos parecían trozos de hielo sin brillo, y la niebla de sus rasgos molestó a Casey.

"Realmente no te pareces mucho a mí".

El no-Casey se quedó con la boca abierta. "¡Tienes que estar de broma! Me parezco exactamente a ti". Se quitó la chaqueta de Casey y la tiró. *¡Mi chaqueta perdida! La has robado.* Sonó cuando cayó al suelo.

El doppelganger escupió: "¿Y por qué demonios sigues viva? Tu insignificante mente debería haberse derrumbado ante la enormidad de esta situación. Tus pecados deberían haber aplastado tu espíritu. Tus carencias te han dejado sin nada por lo que vivir. ¿Cómo estás aquí de pie con un corazón que late?".

Casey se encogió de hombros. "No estoy segura. Nunca he pensado como los demás, así que quizá eso tenga algo que ver".

Casey tocó la mejilla de la no-Casey. Le ardía como si tuviera fiebre. "Tal vez si se le diera cuerpo a estas líneas de aquí, parecería más humano".

Los ojos de la no-Casey relampaguearon de ira, los orificios nasales se encendieron y retrocedió ante el toque de Casey.

"Aquí, a lo largo de la barbilla, es como si la piel se mezclara con este escote. ¿Ves?". Señaló el espejo como referencia. "Quizá tu calor interior lo derrite o algo así. Tu piel está muy caliente, ¿sabes?".

Se pusieron delante del espejo. El reflejo de Casey parpadeaba pálido y más tranquilo de lo que Casey sentía, pero la no-Casey no reflejaba nada hasta que sus colores empezaron a extenderse hacia el cristal como la luz del sol que se filtraba a través de una persiana. Se abrieron en abanico desde la doppelganger hacia el cristal.

El doble chilló y giró sobre Casey. Sus uñas arañaron la tierna piel de Casey cuando aterrizó sobre ella en la húmeda marisma. Aulló mientras abofeteaba y desgarraba el pelo de Casey.

Casey se hizo un ovillo y agachó la cabeza para protegerse de la embestida. Un feo golpe en la cabeza le produjo un destello de rojo brillante y un nuevo golpe y dolor. Los arañazos quemaban. Los golpes aporreados. La sangre se acumuló, metálica y salada, en su boca.

Un grito agudo rasgó la percusión del ataque. "¡Deja a mi hermana en paz!" Unos pies pequeños apartaron a la no-Casey de ella.

Deirdre sostuvo la caja frente a la no-Casey mientras Sunny coreaba en un idioma desconocido. Rachel se encorvó sobre su teléfono, con el dedo metido en la otra oreja. Una mano de mujer salió de la línea de árboles y la apartó de la vista. Rachel emitió un silencioso grito de sorpresa cuando desapareció en la sombra.

Cuando la no-Casey se tambaleó sobre Malcolm, Casey saltó para proteger a su hermano. "¡No le toques!" Apretó los ojos en previsión del golpe del ataque del demonio. Cayó pesada como un castigo.

"¡No vuelvas a tocarla, puta!"

Casey se obligó a abrir los ojos. Mamá empujó a la no-Casey lejos de Casey y Malcolm. Éste retrocedió a trompicones, pero se alejó de los árboles con un siseo.

Sunny gritó a Deirdre: "¡Está funcionando! Esa cosa no puede salir del claro".

Cuando se giró hacia ellos, tenía un rostro rojo y formidable, la imagen de Mamá enfurecida.

El pequeño gemido de Malcolm envalentonó a Casey. Metió la mano entre las hojas en descomposición y agarró una piedra sobre la que había rodado cuando la atacaron. Como David, dejó volar la piedra. Se topó con la impostora de Casey entre los ojos enfurecidos.

La no-Casey vaciló.

Deirdre extendió la caja. Sunny cantó. El doble se estrelló contra la madera y se hizo añicos como un espejo caído, sus trozos plateados se recogieron en la caja de Sunny.

Deirdre forcejeó con la tapa, pero no se cerró.

Un viento enfurecido gritó a través de ella. Unas bolitas heladas asaltaron las mejillas y las manos.

Casey se unió a Deirdre mientras empujaba la tapa. No se movía.

La voz de Sunny se volvió ronca mientras se esforzaba por entonar por encima de los vientos furiosos.

Mamá prestó su fuerza al esfuerzo por cerrar el cofre. Las bisagras gimieron, pero no cedieron hasta que Malcolm lanzó su peso contra ellas. Cuando se cerró de golpe, el viento murió. Los oídos de Casey resonaron con su ausencia. Su corazón palpitó con fuerza y su respiración entrecortada. "¿Está ahí dentro? ¿Se ha acabado?".

Sunny asintió. "Hemos ganado". Parecía y sonaba inexpresiva por la conmoción.

El cuerpo de Deirdre se estremeció mientras se arrodillaba ante Malcolm, que seguía apoyado en la tapa del cofre. "Ha desaparecido. Atrapada. Lo hiciste, niño. Has cerrado la caja".

Estirado sobre el cofre de madera, Malcolm dejó caer la cara sobre los brazos y sollozó.

Mamá se tiró al suelo con un gemido. "Creo que tengo que volver al sanatorio un rato. Creo que estoy lidiando con algunas cosas y necesito un poco de ayuda". Cruzó los brazos sobre las rodillas, enterró la cara en ellas y lloró.

Sunny se deslizó junto a Deirdre y tocó el hombro de Malcolm. "Pequeño, tienes que moverte ahora. Tengo que terminar el ritual de atadura. No queremos que esa cosa vuelva a salir, ¿verdad?”.

Malcolm se pasó un puño por la nariz y sacudió la cabeza. Se deslizó y se acercó a Casey.

Mamá entrecerró los ojos ante ellos, pero no dijo nada.

Unos pasos por el camino y la voz de Rachel anunciaron la llegada de otros. "Por aquí. Por favor, de prisa".

Jaimie y Rachel guiaron a la policía hacia el claro. "¿Va todo bien?”.

CAPÍTULO TREINTA Y NUEVE:
HOSPITALES Y REGRESOS A CASA

Cuando los paramédicos examinaron las heridas de Casey y sugirieron un viaje al hospital, Casey se echó a llorar. "Por favor, no. Por favor, hoy no puedo ir al hospital". Sacudió la cabeza con violencia e ignoró los dolorosos resultados. "Ahora no, después de todo lo demás. Por favor, déjame ir a mi habitación a dormir".

El más joven de los dos paramédicos protestó. "Algunos de estos cortes son graves, y deberíamos hacer una radiografía para comprobar si hay conmoción cerebral". Se puso a limpiar los arañazos con algodón tratado.

Mientras tanto, Mamá levantó la voz. "Perdona. ¿Te has dado cuenta de que necesito atención? Si no quiere tu ayuda, deberías pasar a ayudar a personas dignas que sí la necesitan. Como yo". Señaló su pecho agitado.

El paramédico mayor se acercó. "¿Está herida, señora?".

"Necesito que me lleven. He tenido que lidiar con más de lo que cualquier persona debería soportar. Estoy al límite de mis fuerzas y creo que voy a buscar un poco de orientación. Por favor, acompáñame hasta el Dr. Keller". Pasó sus brazos por los de los desconcertados paramédicos y los guio hacia el campus.

"Mamá". La voz de Casey temblaba más que sus tambaleantes piernas.

Su madre se detuvo, pero no se volvió para mirar a Casey.

"Gracias".

Su madre miró por encima del hombro. "¿Por qué?".

"Has evitado que volviera a pegarme. Gracias".

Mamá enderezó la columna y se volvió hacia el campus. "De nada. No olvides que tu madre te protegió". Movió las caderas mientras guiaba a los paramédicos por el camino.

Su rica voz flotaba en el aire fresco. "Los salvé a todos".

Jaimie cogió la mano de Rachel. Casey les sonrió. "Parece que has utilizado tu teléfono para una emergencia, ¿eh?".

Los labios de Rachel se debatieron entre una sonrisa y el temblor de las lágrimas. Se liberó de Jaimie y abrazó a Casey por la mitad. Susurró en la fina chaqueta de Casey: "Estaba muy asustada". Se estremeció al inclinar la cabeza para buscar a Casey. "Pero Jaimie me ayudó".

Jaimie dio una patada a una piedra. Ésta cayó hacia una línea de sal rosa que rodeaba el claro. "Ojalá hubiera podido hacer más para ayudar".

"Tengo más preguntas, damas". Un agente de policía uniformado apuntó con un bolígrafo a su libreta.

Jaimie acompañó al agente para contar lo que pudiera de los acontecimientos de la noche.

Deirdre ayudó a Sunny a recoger sus cosas. "Casey, si estás demasiado... golpeada para conducir, puedo llevar a Sunny a casa. Si me prestas el carro".

Soplaba un viento suave y frío, con un toque de salvia y flor de manzano. Casey se estremeció.

Deirdre se agachó y recuperó el abrigo de Casey. "Aquí tienes la chaqueta que te falta". Arrugó la nariz. "Aunque podría necesitar una vuelta en la lavadora. Huele un poco a huevos podridos". Algo dentro del bolsillo sonó como una maraca.

Casey sacó frascos de pastillas de color miel. Clavó los ojos en Deirdre. "Te juro que no los he cogido. Nunca invadiría tu espacio".

"Lo sé".

Las pastillas tintinearon dentro de sus prisión de plástico. "¿Las quieres?".

La cabeza de Deirdre bajó. "Creo que no". Lanzó una mirada de reojo alrededor del claro. "Ya no".

Casey se concentró. El velo de suicidio de Deirdre se había retirado. Casey asintió. "Bien. Nos desharemos de ellos cuando volvamos al campus".

"¿Me prestas tu carro?".

"Bueno, yo también tengo que llevar a estos chicos a casa". Casey puso las manos sobre Rachel y Malcolm.

"Ah, sí, lo había olvidado. Supongo que esperaba que nuestro guardia de seguridad volviera a quedarse esta noche".

Malcolm agachó la cabeza, inusualmente tímido.

Rachel se apoyó en Casey. "¿Podemos irnos ya a casa?".

"Cuando la policía termine, los llevaré a casa".

"Creo que ya hemos terminado aquí". La profunda voz del policía sacó a un murciélago de su hogar en un árbol cercano. Aleteó con desenfreno sobre sus cabezas hasta que desapareció en la espesa arboleda. "Los acompañaremos a sus carros".

Con cada mano cogiendo la de sus hermanos, Casey les siguió en su extraño desfile hasta los grises caminos empedrados del campus, agradecida por su solidez utilitaria y su familiaridad. Tras despedirse de la policía, el grupo se amontonó en el carro de Casey. Deirdre tiró de Sunny en su regazo durante el viaje.

"Eso no es seguro", apretó los labios Rachel.

"Sólo vamos a recorrer una corta distancia, y prometo estar segura", dijo Casey.

Rachel se hundió más en el asiento trasero. "Tú no eres necesariamente el problema".

Sin embargo, llegaron a casa sin incidentes. Tras un saludo con lágrimas en los ojos, Rachel presentó a su padre y a la tía Hettie a las amigas de Casey. Malcolm no dijo nada. Con un bostezo, subió las escaleras.

"¿Te vas a la cama, amiguito?". preguntó Deirdre.

Malcolm asintió y siguió subiendo.

Todos dijeron: "Buenas noches".

La tía Hettie estudió la base de la escalera que había subido. "¿Qué le molestó tanto?".

Nadie cruzó las miradas.

Casey se aclaró la garganta. "Mamá. Los trajo al campus. En un momento inoportuno".

El rostro de la tía Hettie se tensó. "Rachel envió un mensaje de texto diciendo que estaban con tu madre en tu colegio".

¡Me alegro tanto de haberle comprado un teléfono!
"Sí, pero Mamá volvió a ver al doctor Keller".

La tía Hettie y Papá se quedaron boquiabiertos.
"¿Lo hizo?".

Casey asintió.

Papá se acarició la barba incipiente a lo largo de la barbilla. "¿Qué la hizo cambiar de opinión? Era bastante inflexible en cuanto a que no le gustaban el doctor Keller y las terapias".

Casey se encogió de hombros. "Yo no soy ella, así que no estoy segura".

Rachel soltó una risita. "Como si alguien supiera lo que realmente piensa Mamá".

Las amigas de Casey se revolvieron, inquietas. "Oigan, tengo que llevar a Sunny a su tienda y a nosotras a nuestros dormitorios".

Las despedidas, los abrazos y los "encantada de conocerlas" condujeron al apartamento de Sunny, situado a poca distancia de su tienda. "La acompañaré a la puerta. Ahora vuelvo". Deirdre ayudó a Sunny a llevar sus provisiones, incluido el cofre de la doppelganger.

Desde el asiento del copiloto, Jaimie suspiró. "No es lo que esperaba".

"¿Quién?".

Su pie se movió. "Tu compañera de cuarto".

"¿Qué esperabas?".

"Amber dijo que Deirdre era rara, pero en realidad es muy agradable".

Casey se encogió de hombros. "Me gusta".

Jaimie dejó caer la cabeza sobre el reposacabezas. "Te echo de menos, chica. Esperaba que el hecho de que estuvieras en el campus nos permitiera pasar más tiempo juntas. ¿Qué demonios ha pasado?".

Casey cerró los ojos. El vértigo y el dolor de cabeza conspiraban contra su voluntad. "No estoy segura. Quizá podamos esforzarnos más. Estar más juntas".

Jaimie palmeó la mano de Casey. "Me gustaría".

CAPÍTULO CUARENTA: DE VUELTA A LA DECANA

A la mañana siguiente, en el campus, Casey recibió una citación en el despacho de la decana.

"¿Otra vez?". Los ojos de Deirdre se abrieron de par en par. "No creerás que te expulsaría, ¿verdad? No después de deshacernos de ese doble y todo eso".

Casey se encogió de hombros. "No es que pueda demostrar nada".

"Iré contigo".

Casey dejó que la suave brisa le apartara el pelo de la cara. "No hace falta que lo hagas. Me estoy convirtiendo en una profesional de las visitas a la decana".

"¿Visitar a la decana otra vez? ¿Qué pasa esta vez?". Recién llegado de clase, Tim se apresuró a llevar la mochila de Casey. Besó la parte superior de la cabeza de ella.

"Todo lo que te conté anoche por teléfono, supongo".

"¿Quieres compañía?".

"Pueden acompañarme a su edificio, pero de verdad, yo me encargo de esto. Por cierto, ¿has escuchado alguna vez a The Doors? A Jaimie le gustan mucho últimamente, así que me he descargado algunas de sus canciones".

Pulsó el botón de reproducción de su teléfono mientras paseaban por los senderos irregulares.

"Claro que he oído hablar de The Doors. A Papá le gustan". Tim pasó el brazo por los hombros de Casey.

Deirdre resopló. "Los Doors ya deben estar cubiertos de telarañas. En serio, ¿Amber no escucha nada moderno? ¿Como nunca?".

Discutieron los méritos musicales hasta que llegaron al despacho de la decana. Casey les dio abrazos a medias. "No lleguen tarde a sus clases". Se subió el cuello de la chaqueta contra el viento juguetón.

Mientras Casey se alejaba, Deirdre sonaba incrédula mientras hablaba con Tim. "¿De verdad cree que nos vamos a ir hasta que sepamos cómo va la reunión?".

La secretaria apartó una pila de papeles cuando Casey entró en el despacho. "¿Has vuelto otra vez? Supongo que la doctora Rosen te está esperando".

Casey asintió.

Golpeó el monitor de la computadora. "Ah, aquí estás en la agenda". Le dirigió una mirada inescrutable.

A Casey le ardió la piel bajo aquella consideración inquebrantable.

"Ya sabes dónde está el puesto de café. Sírvete". La secretaria volvió a sus labores, y Casey se ocupó de la hogareña tarea de preparar la cafeína para que su corazón calmara su ritmo.

"Señorita Adams". Una blusa de flores en tonos

pastel alegraba el traje de rayas la Dra. Rosen. "Gracias por pasarse por aquí. Por favor, acompáñeme".

El escrutinio encubierto de la secretaria siguió el avance de Casey hacia el despacho. Casey se concentró en mantener el nivel de su taza, ya que no encontraba la tapa, mientras sus pies se hundían en la gruesa alfombra persa del despacho de la decana.

El peral en flor que había fuera de la ventana del despacho desprendía pétalos blancos. Las nubes oscurecieron el cielo que minutos antes brillaba despejado, y las primeras gotas de otro chaparrón primaveral salpicaron el banco de cristales como lágrimas arrepentidas. El avance de una de ellas serpenteó, se unió a otras pequeñas gotas y tomó velocidad para dispersarse en el marco.

No exageres. No es un presagio. Es una lluvia de primavera.

"Te he pedido que vengas para que me cuentes tus últimas hazañas, señorita Adams".

¿Hazañas? Casey hizo girar la crema en una espiral en el sentido de las agujas del reloj haciendo girar su taza. "¿Qué quiere decir?".

"La última vez que hablamos, tú y tu compañera de habitación, la señorita Lowry, me pidieron que suspendiera las pruebas captadas por las cámaras y les creyera inocentes de vandalismo y allanamiento de morada. La policía del campus me ha dicho que ayer llamaron a Flagstaff Hill y, como era de esperar, apareció tu nombre. Así que te pido de nuevo que me digas qué nueva experiencia has tenido en mi campus".

Las estanterías rellenas se balancearon en la visión

de Casey. *No, me estoy balanceando.* Se obligó a calmarse. "Bueno, tenía que atrapar a ese doppelganger".

"¿Y lo conseguiste?".

Casey asintió.

"¿Y nadie resultó herido?".

Casey negó con la cabeza.

La decana apoyó la barbilla en sus dedos empinados. "Bueno, señorita Adams, debo decir que su presencia en el campus ha animado las cosas. ¿Debo esperar alguna nueva aventura para el próximo equinoccio?".

Casey levantó la cabeza. "¡Oh, espero que no!"

La Dra. Rosen se rió. "Debo admitir que, de alguna manera, sospecho que éste no será nuestro último encuentro de este tipo".

La cabeza de Casey dio vueltas mientras se reunía con sus amigas. Se habían refugiado bajo un gazebo decorado con diseños tallados que había en el camino, pero la lluvia se había convertido en una fina niebla. Jaimie la sonrió y le echó los brazos al cuello a Casey cuando entró. Mantuvo una mano en el bíceps de Casey e intentó disimular su placer tras una expresión severa. "¿Así que ya no contestas al teléfono?".

"¿Qué?". Casey sacó el teléfono del bolsillo del pantalón. Efectivamente, registraba una llamada perdida y dos mensajes de Jaimie. "Lo siento. Debo haber bajado el timbre".

Jaimie sacudió la cabeza, incapaz de mantener una expresión malhumorada. "Supongo que has tenido muchas cosas en la cabeza últimamente". Señaló a Deirdre y a Tim. "Me han puesto al corriente. Así que todos estamos ansiosos por saber qué tenía que decir la vieja Dra. Rosen".

¿Vieja? No puede tener más de cincuenta años. "Cree que volveré a su consulta en septiembre con otra experiencia inusual".

Tim, Deirdre y Jaimie intercambiaron miradas alarmadas mientras Casey se deslizaba hasta el banco de madera que rodeaba el gazebo.

Tim se sentó junto a ella y le ofreció su hombro como apoyo y consuelo. Entrelazó sus dedos con los de ella y le dio un suave apretón. "No creo que debamos preocuparnos por eso. Es un bonito día de primavera. Ha dejado de llover. Tú estás bien. Todos lo estamos".

Casey permitió que su esperanza la envolviera incluso cuando ella albergaba recelos. El sol brillaba en un cielo tempestuoso y, hacia el este, un pálido arco iris salía de entre las nubes por encima de lo que ella llamaba la Colina de la Ceremonia. Fuera de su periferia, algo se movió, un destello de otoño incongruente en el paisaje de pasteles emergentes. Aunque ya había desaparecido cuando Casey se volvió hacia él, supo lo que era.

Lo reconoció por la familiar náusea que se acumulaba en su estómago, por la bilis que le quemaba el esófago. Por la incongruencia de la primavera emergente superada por el olor de las hojas de otoño incineradas por una hoguera ardiente.

La bruja del equinoccio.

Disimuló su escalofrío poniéndose en pie. "Sí, estamos bien. Pero vamos a nuestras clases antes de que las suspendamos".

Tim le dio un apretón en el hombro y le besó la mejilla. Jaimie se arremolinó como una bailarina mientras chapoteaba en un charco, con una sonrisa beatífica que la transformaba en un sueño prerrafaelista, y Deirdre trotó con ellos, con las manos metidas en su chaqueta de camuflaje, silenciosa como una sombra.

Casey miró hacia la colina, donde un destello de ámbar avisaba de que el equinoccio volvería a producirse.

UN ADELANTO
DEL TERCER LIBRO

EL INVIERNO DE LAS MARAVILLAS

El invierno rodeó pronto el campus de Ol' Nor'Eastern, cerrando un cerco helado sobre el pequeño pueblo de Pensilvania antes de que el otoño hubiera abandonado sus últimas hojas vibrantes. Las ramas de los árboles gemían bajo las capas de precipitación helada. La sal de roca crujía en todos los caminos empedrados y en las carreteras de asfalto. El hielo cubría incluso el estanque del campus, donde el otoño anterior tuvo lugar una lucha por la vida y la muerte.

Bajo lo que Casey Adams y sus amigos llamaban la Colina de la Ceremonia, los estudiantes se esforzaban en los exámenes finales o se preparaban para las vacaciones de invierno. Casey terminó su último examen final del semestre, pero en lugar de sentir el alivio del trabajo bien hecho y la agradable anticipación de las vacaciones que se acercaban, se preocupó.

Estadísticamente, durante las vacaciones moría más gente, y Casey albergaba la habilidad secreta de transportar a los muertos a su siguiente plano de existencia.

Alguien que le recordaba a Casey a la estudiante que se volvió homicida el otoño pasado parecía estar acechándola.

Pero lo peor de todo era que su madre estaba preparando la comida de las fiestas.

SOBRE LA AUTORA

Kerry E.B. Black, madre de cinco jóvenes humanos y tres gatos de mediana edad, vive junto a un río envuelto en niebla en las afueras de la tierra donde amaneció la película *Dawn of the Dead* (*El Amanecer de los Muertos*) de George A. Romero. Baila con las palabras para crear historias intrigantes, muchas de las cuales exploran la universalidad del miedo.

Awakening at Equinox (*Despertar en el equinoccio/2023*), primer libro de la serie *Seasons of Growing* (*Temporadas de crecimiento*), se publicó en 2021. La versión inglesa de este segundo libro de la serie, *Spring of Spirits*, se publicó en 2022. Tree Shadow Press ha recopilado tres volúmenes de cuentos cortos de esta autora galardonada en los libros *Herd of Nightmares*, *Carousel of Nightmares*, and *Fairy Herds and Mythscapes* (*Manada de pesadillas, Carrusel de pesadillas y Manadas de hadas y paisajes míticos*) y su colección de poesía oscura, *Poetic Nightmares* (*Poesía de pesadillas*). No dejes de visitar su sitio web para estar al día de las nuevas publicaciones y los eventos de la autora.

www.KerryEBBlack.com

SOBRE LA TRADUCTORA

Debra R. Sanchez se ha mudado más de treinta veces... hasta ahora. Es licenciada en Comunicación y Escritura por el Westminster College. Ella y su marido tienen tres hijos adultos y seis nietos... hasta ahora.

Imparte talleres de escritura, asesora a escritores y organiza retiros de escritura. También es editora independiente y traductora de una amplia variedad de temas, incluyendo numerosos libros.

Sus obras han sido premiadas en varios géneros: cuentos infantiles, poesía, fantasía, ficción y no ficción creativa. Varias de sus obras de teatro y monólogos han sido producidas y publicadas. Sus otras obras se han publicado en revistas literarias, periódicos y antologías.

Para más información, visite su página web:
www.debrarsanchez.com
Sígala en Facebook: @DebraRSanchez